MADHUBUN®

मधु मुखर

हिंदी पाठमाला 8

परामर्शदाता

डॉ. अहमद

संपादन और सहयोग

मधुबन संपादक मंडल

NEP & NCF ALIGNED

- ज्ञान
- योग्यता
- मूल्य
- मनोवृत्ति

360° DIGITAL MENTOR

mystudygear

Download

Scan the QR code

MADHUBUN® EDUCATIONAL BOOKS

A DIV. OF VIKAS® PUBLISHING HOUSE PRIVATE LIMITED

शिक्षा के उद्देश्य

- तर्कसंगत विचार और स्वायत्तता
- स्वास्थ्य एवं कल्याण
- लोकतांत्रिक एवं सामुदायिक भागीदारी
- आर्थिक भागीदारी
- सांस्कृतिक भागीदारी

Acknowledgement

We would like to thank the United Nations for granting permission to use the SDG Logo: Version 2 and the 17 SDG icons.

For more details on the 17 SDGs, visit the United Nations Sustainable Development Goals website: https://www.un.org/sustainabledevelopment/

The content of this publication has not been approved by the United Nations and does not reflect the views of the United Nations or its officials or Member States.

In some instances, we have been unable to trace the owners of copyright material and we would appreciate any information that would enable us to do so. Every effort has been made to trace or contact the copyright holders and we apologise in advance for any unintentional omissions. We would be pleased to insert the appropriate acknowledgement in any subsequent edition of this publication.

MADHUBUN®

MADHUBUN® EDUCATIONAL BOOKS

A DIV. OF VIKAS® PUBLISHING HOUSE PRIVATE LIMITED

E–28, Sector–8, NOIDA–201 301 (UP)

Phone: +91 120 4078 900

Regd. Office: A-27, Second Floor, Mohan Co-operative Industrial Estate, New Delhi–110 044

E-mail: info@madhubunbooks.com • *Website: www.madhubunbooks.com*

Branches:

Ahmedabad • Bengaluru • Chennai • Guwahati • Hyderabad • Kolkata • Mumbai • Patna

MADHU MUKHAR HINDI PATHMALA 8

First Edition 2018

Revised Edition 2026

ISBN: 978-93-7063-688-0

PRODUCT CODE: MDS2MKH080HINAC26SBY

PRINTED IN INDIA:

By Shri Shyamlal Printing Press Private Limited, Plot 20/4, Site-IV, Industrial Area Sahibabad, Ghaziabad–201 010 and Published by Vikas Publishing House Private Limited, E–28, Sector–8, Noida–201 301 (UP).

आपके लिए

मधु मुखर हिंदी पाठमाला A, B तथा 1 से 8 तक अपनी नई साज-सज्जा के साथ आपके समक्ष प्रस्तुत है। इसका निर्माण व्यावहारिक हिंदी के प्रयोग पर बल देने के उद्‌देश्य से किया गया है। राजभाषा हिंदी को अहिंदीभाषी क्षेत्रों में सरलता से समझने तथा आधारभूत स्तर पर प्रयोग में लाने का मार्गदर्शन प्रदान करना ही इस पाठमाला का प्रमुख ध्येय है।

इस पुस्तक शृंखला में राष्ट्रीय शिक्षा नीति-2020 एवं राष्ट्रीय पाठ्यचर्या की रूपरेखा (NCF)-2023 के सभी प्रमुख बिंदुओं को समुचित तथा क्रमबद्‌ध तरीके से समाहित किया गया है। इसके माध्यम से शिक्षण-अधिगम के पाँच सिद्‌धांत 'पंचपदी' को पूर्णतः लागू करने का प्रयास किया गया है।

इस पाठमाला के मुख्य बिंदु—

- इस पाठमाला में सामाजिक, सांस्कृतिक और वैज्ञानिक दृष्टिकोण का विशेष ध्यान रखा गया है।
- पंचपदी पर आधारित पाठ-प्रवाह— अधीति, बोध, अभ्यास (आओ करें), प्रयोग-प्रसार (रचनात्मक गतिविधियाँ)
- खगोल, भूगोल आदि की जानकारी देते हुए Double Spread
- सुंदर चित्रों द्‌वारा पाठों की रोचकता बढ़ाने का प्रयास किया गया है।
- दैनिक उपयोग के हिंदी शब्दों से परिचय के साथ-साथ वार्तालाप (औपचारिक-अनौपचारिक) पर विशेष बल देते हुए व्यावहारिक और जानकारीपरक विषयों को पाठ बनाया गया है।
- रचनात्मक अभ्यासों का निर्माण किया गया है ताकि रटकर लिखने की प्रवृत्ति दूर हो सके।
- पठन-पाठन में रुचि बढ़ाने के लिए 'आनंददायक पठन' और 'रोचक जानकारी' भी दी गई है।
- छात्रों की सुगमता के लिए पाठ में आए कठिन शब्दों के अर्थ अंग्रेज़ी में दिए गए हैं।
- व्याकरण सरलतम रूप में दिया गया है। परिभाषा और उदाहरण द्‌वारा व्याकरण के बिंदुओं को समझाया गया है।

इस पुस्तक में सीखने-सिखाने की परंपरागत विधि को ध्यान में रखते हुए आसान तरीके से हिंदी भाषा सिखाने का प्रयास किया गया है।

इस पुस्तक के साथ **Animation** तथा **सहायक दर्शिकाओं** में पाठ-योजना, पाठों के सभी प्रश्नों के उत्तर उपलब्ध हैं।

हिंदी सीखने-सिखाने के इस सरल प्रयास में हम शिक्षकों तथा बुद्‌धिजीवियों के सुझावों का स्वागत करते हैं। अपने मार्गदर्शन द्‌वारा इस प्रयास को सफल बनाने में हमारा सहयोग करें।

—प्रकाशक

पाठक्रम

वर्णमाला

स्वर *Vowels*

अ *a*	आ *aa*	इ *i*	ई *ee*	उ *u*	ऊ *oo*	ऋ *ri*
ए *ae*	ऐ *ai*	ओ *o*	औ *ou*	अं *an*	अः *aha*	

व्यंजन *Consonants*

क *ka*	ख *kha*	ग *ga*	घ *gha*	ङ *nga*
च *cha*	छ *chha*	ज *ja*	झ *jha*	ञ *nja*
ट *ṭa*	ठ *ṭha*	ड *ḍa*	ढ *ḍha*	ण *ṇa*
त *ta*	थ *tha*	द *da*	ध *dha*	न *na*
प *pa*	फ *pha*	ब *ba*	भ *bha*	म *ma*
य *ya*	र *ra*	ल *la*	व *va*	ड़ *ṛa*
श *sha*	ष *shha*	स *sa*	ह *ha*	ढ़ *ṛha*
क्ष *ksha*	त्र *tra*	ज्ञ *jna*	श्र *shra*	ज़ *za*
				फ़ *fa*

बारहखड़ी

अ	आ	इ	ई	उ	ऊ	ए	ऐ	ओ	औ	अं	अः
अ	ा	ि	ी	ु	ू	े	ै	ो	ौ	ं	ः
क	का	कि	की	कु	कू	के	कै	को	कौ	कं	कः
ख	खा	खि	खी	खु	खू	खे	खै	खो	खौ	खं	खः
ग	गा	गि	गी	गु	गू	गे	गै	गो	गौ	गं	गः
घ	घा	घि	घी	घु	घू	घे	घै	घो	घौ	घं	घः
च	चा	चि	ची	चु	चू	चे	चै	चो	चौ	चं	चः
छ	छा	छि	छी	छु	छू	छे	छै	छो	छौ	छं	छः
ज	जा	जि	जी	जु	जू	जे	जै	जो	जौ	जं	जः
झ	झा	झि	झी	झु	झू	झे	झै	झो	झौ	झं	झः
ट	टा	टि	टी	टु	टू	टे	टै	टो	टौ	टं	टः
ठ	ठा	ठि	ठी	ठु	ठू	ठे	ठै	ठो	ठौ	ठं	ठः
ड	डा	डि	डी	डु	डू	डे	डै	डो	डौ	डं	डः
ढ	ढा	ढि	ढी	ढु	ढू	ढे	ढै	ढो	ढौ	ढं	ढः
ण	णा	णि	णी	णु	णू	णे	णै	णो	णौ	णं	णः
त	ता	ति	ती	तु	तू	ते	तै	तो	तौ	तं	तः
थ	था	थि	थी	थु	थू	थे	थै	थो	थौ	थं	थः
द	दा	दि	दी	दु	दू	दे	दै	दो	दौ	दं	दः
ध	धा	धि	धी	धु	धू	धे	धै	धो	धौ	धं	धः

न	ना	नि	नी	नु	नू	ने	नै	नो	नौ	नं	नः
प	पा	पि	पी	पु	पू	पे	पै	पो	पौ	पं	पः
फ	फा	फि	फी	फु	फू	फे	फै	फो	फौ	फं	फः
ब	बा	बि	बी	बु	बू	बे	बै	बो	बौ	बं	बः
भ	भा	भि	भी	भु	भू	भे	भै	भो	भौ	भं	भः
म	मा	मि	मी	मु	मू	मे	मै	मो	मौ	मं	मः
य	या	यि	यी	यु	यू	ये	यै	यो	यौ	यं	यः
र	रा	रि	री	रु	रू	रे	रै	रो	रौ	रं	रः
ल	ला	लि	ली	लु	लू	ले	लै	लो	लौ	लं	लः
व	वा	वि	वी	वु	वू	वे	वै	वो	वौ	वं	वः
श	शा	शि	शी	शु	शू	शे	शै	शो	शौ	शं	शः
ष	षा	षि	षी	षु	षू	षे	षै	षो	षौ	षं	षः
स	सा	सि	सी	सु	सू	से	सै	सो	सौ	सं	सः
ह	हा	हि	ही	हु	हू	हे	है	हो	हौ	हं	हः
क्ष	क्षा	क्षि	क्षी	क्षु	क्षू	क्षे	क्षै	क्षो	क्षौ	क्षं	क्षः
त्र	त्रा	त्रि	त्री	त्रु	त्रू	त्रे	त्रै	त्रो	त्रौ	त्रं	त्रः
ज्ञ	ज्ञा	ज्ञि	ज्ञी	ज्ञु	ज्ञू	ज्ञे	ज्ञै	ज्ञो	ज्ञौ	ज्ञं	ज्ञः
श्र	श्रा	श्रि	श्री	श्रु	श्रू	श्रे	श्रै	श्रो	श्रौ	श्रं	श्रः

शिक्षण-संकेत : बच्चों को सभी व्यंजनों में मात्राएँ लगाकर उच्चारण करने के लिए कहें।

1 डरना कभी न जाना

अधीति

- आपको सबसे अधिक डर किससे लगता है? आप उस डर को कम करने के लिए क्या करते हैं? • कविता का शीर्षक पढ़कर आपके मन में कैसे भाव आ रहे हैं?

4 QUALITY EDUCATION

बोध

- बच्चे किससे नहीं डरते हैं?
- बच्चे कहाँ पर रुकेंगे?

हमने डरना कभी न जाना, आँधी से, तूफ़ान से
देखो, हम बढ़ते जाते हैं, कैसे अपनी शान से।

सिर अपना ऊँचा रखते हैं, हरदम हम अभिमान से
हमने डरना कभी न जाना, आँधी से, तूफ़ान से।

दिन में राह बताता सूरज, फिर जब आती रात
चाँद चाँदनी बिखराता है, करता हमसे बात।

हम ऐसे बढ़ते जाते हैं, राह देखते ध्यान से
हमने डरना कभी न जाना, आँधी से, तूफ़ान से।

मंज़िल पर ही रुकना हमको, हो कितनी भी दूर
लंबी राह नहीं कर सकती, हमें कभी मजबूर।

हमको अपनी मंज़िल प्यारी, ज़्यादा अपनी जान से
हमने डरना कभी न जाना, आँधी से, तूफ़ान से।

—श्रीप्रसाद

जीवन-मूल्य

बहादुरी, आत्मविश्वास, लक्ष्य-निर्धारण, उत्साह

शिक्षण-संकेत : शिक्षिका बच्चों को अपने जीवन से जुड़ा बहादुरी का कोई किस्सा सुनाएँ और कविता पढ़ाने से पूर्व उनमें जोश, बहादुरी और उत्साह का भाव जगाएँ।

आओ करें Let's Do It!

1. सुनिए, बोलिए और अपनी मातृभाषा में लिखिए—

Listen, speak and write in your mother tongue.

डरना	to be afraid	....	मंज़िल	destination	....
आँधी	gale	....	दूर	far away	....
शान	dignity	....	मजबूर	compelled	....
अभिमान	pride	....	जान	life	....
राह	path	....	तूफ़ान	storm	....

2. सही उत्तर पर ✓ का निशान लगाइए *Tick ✓ the correct answer—*

क. किसने डरना कभी नहीं जाना?

☐ कवि ने ☐ आँधी ने

☐ भारत देश के बच्चों ने ☐ तूफ़ान ने

ख. दिन में बच्चों को कौन राह बताता है?

☐ फूल ☐ सूरज ☐ पगडंडी ☐ नदी

ग. चाँद क्या करता है?

☐ गुस्सा होता है। ☐ गीत गाता है।

☐ चाँदनी बिखेरता है। ☐ तारों को चमकाता है।

घ. 'डरना कभी न जाना' कविता का संदेश क्या है?

☐ बड़ों का सम्मान करना ☐ प्रकृति से प्रेम करना

☐ मुश्किलों का डटकर सामना करना ☐ जान से प्यार करना

3. ये शब्द कविता की जिन पंक्तियों में आए हैं, उन्हें लिखिए—

Write the lines of the poem where these words are mentioned.

मंज़िल — ....

अभिमान — ....

राह — ....

मजबूर — ....

4. प्रश्नों के उत्तर दीजिए *Answer the questions—*

क. 'सिर ऊँचा रखने' का क्या अर्थ है?

....

....

ख. बच्चों को कौन मजबूर नहीं कर सकता?

....

....

ग. 'डरना कभी न जाना' कविता का क्या भाव है?

....

....

घ. हमें मुश्किलों का सामना किस प्रकार करना चाहिए?

....

....

5. 'दिन में राह बताता सूरज, फिर जब आती रात'

कविता की इस पंक्ति में आए 'दिन' और 'रात' शब्द एक-दूसरे का विपरीत अर्थ बता रहे हैं। ये विलोम शब्द हैं।

> वे शब्द जो एक-दूसरे का उलटा अर्थ बताते हैं, विपरीतार्थक या विलोम शब्द (antonyms) कहलाते हैं।

रेखांकित शब्दों के विलोम शब्द लिखकर वाक्य पूरे कीजिए—

Complete the sentences by writing the antonyms of the underlined words.

क. अनेकता में .... हमारे देश की पहचान है।

ख. बच्चे अपना सिर नीचा नहीं .... रखते हैं।

ग. भारत देश के बच्चे डरपोक नहीं .... हैं।

घ. स्वाधीन भारत 1947 से पहले .... था।

6. पढ़िए और समझिए *Read and understand—*

दिन	—	दिवस	नीर	—	पानी
दीन	—	गरीब/बेचारा	नीड़	—	घोंसला
आसमान	—	आकाश	बात	—	बातचीत
असमान	—	जो एक जैसा न हो	वात	—	हवा (वायु)

> वे शब्द जो पढ़ने या सुनने में तो एक समान लगते हैं, परंतु उनके अर्थ भिन्न (अलग) होते हैं, श्रुतिसम भिन्नार्थक (homophones) शब्द कहलाते हैं।

दिए गए चित्रों के लिए सही शब्द छाँटकर लिखिए—

Choose and write the correct word for the pictures.

गाड़ी / गाढ़ी

....

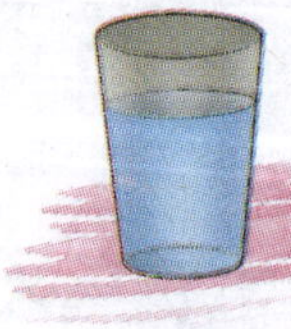

नीर / नीड़

....

जलद / जलज

....

7. सुनिए, बोलिए और लिखिए *Dictation—*

आँधी तूफ़ान अभिमान चाँदनी मंज़िल मजबूर प्यारी ज़्यादा

8. **सुलेख** *Calligraphy—*

भारत के बच्चे बहादुर हैं।

रचनात्मक गतिविधि

प्रयोग-प्रसार

1. **कविता की पंक्तियों को आगे बढ़ाकर कविता पूरी कीजिए।** Creative Thinking

जीवन में तुम डर न जाना।

कर्तव्य पथ पर बढ़ते जाना।

2. **पुस्तकालय या इंटरनेट की सहायता से अन्य वीरता और उत्साह के भाव की कविताएँ पढ़िए और कक्षा में सुनाइए।** ICT/Appreciation of Literature

3. **रोलुआपुई और लालरियातपुई दो बहादुर बच्चियाँ थीं। इनके बारे में इंटरनेट पर खोजिए और किसी एक की वीरता को कहानी के रूप में लिखिए।** ICT/Creative Thinking

2 अन्नमाचार्य

अधीति

- क्या आप अन्नमाचार्य जी को जानते हैं?
- क्या आप कबीर, रहीम या तिरुवल्लुवर जी को जानते हैं?

11 SUSTAINABLE CITIES AND COMMUNITIES

ब्रह्ममोक्ते परह ब्रह्ममोक्ते
ब्रह्ममोक्ते परह ब्रह्ममोक्ते
तंदनाना अहि तंदनाना पुरे
तंदनाना भाल तंदनाना
भाल तंदनाना

इस भजन के बोल सुनकर ही प्रतिदिन श्रेयस के घर में सभी जागते थे। यह भजन प्रतिदिन श्रेयस की दादी जी अपनी मधुर वाणी में गाती थीं। यह भजन श्रेयस को भी बहुत प्रिय था।

एक दिन श्रेयस ने अपनी दादी जी से कहा, ''दादी जी, आप बहुत अच्छा गाती हैं। यह भजन आपने कहाँ से सीखा?'' दादी जी श्रेयस के सिर पर हाथ फेरते हुए बोलीं, ''बेटा, यह भजन अन्नमाचार्य जी की रचना है।'' ''ये कौन हैं दादी जी?'' श्रेयस ने पूछा। दादी जी ने कहा, ''मेरे पास आकर बैठो, मैं बताती हूँ।''

दादी जी ने बताया— अन्नमाचार्य को अन्नामय्या के नाम से भी जाना जाता है। ये पंद्रहवीं शताब्दी के एक हिंदू संत और सबसे पहले ज्ञात भारतीय संगीतकार थे। इन्होंने भगवान वेंकटेश्वर की प्रशंसा में संकीर्तन नाम से गीतों की रचना की। इन्हें तेलुगु गीत-लेखन के पितामह के रूप में जाना जाता है। अन्नमाचार्य को एक महान भक्त के रूप में याद किया जाता है।

बोध

- प्रतिदिन भजन कौन गाता था?

इनका पूरा नाम तल्लपका अन्नमाचार्य है। इनका जन्म वैशाख पूर्णिमा के दिन (22 मई, 1408) तल्लापाका, राजमपेट मंडल के पास, भारत के आंध्र प्रदेश के कडप्पा ज़िले के एक गाँव में हुआ था। इनकी पत्नी तिरमक्का ने 'सुभद्रा कल्याणम' लिखा था और उन्हें तेलुगु साहित्य की पहली कवयित्री माना जाता है। उनके बेटे पेड्डा तिरुमलाचार्य और पोते तल्लपका चिन्नय्या भी संगीतकार और कवि थे।

शिक्षण-संकेत : कक्षा में संतों के चित्रों का चार्ट लगाएँ और बच्चों को उन संतों के जीवन की जानकारी दें।

कहा जाता है कि अन्नामय्या ने भगवान वेंकटेश्वर की स्तुति पर 32,000 से अधिक संकीर्तन रचे थे, जिनमें से आज केवल 12,000 ही उपलब्ध हैं। वे 'संकीर्तन लक्षणामु' नामक संगीत ग्रंथ के लेखक भी हैं।

अन्नमाचार्य ने अपनी रचनाओं को वेंकटेश्वर के लिए पुष्पांजलि माना। इन्होंने अपनी कविताओं में देवताओं की स्तुति की, उनके प्रति अपने प्रेम का वर्णन किया, भगवान के साथ बहस और झगड़ा भी किया, भक्त की विफलताओं और आशंकाओं को स्वीकार किया और खुद को वेंकटेश्वर के सामने समर्पित कर दिया।

अपने बाद के कीर्तनों में इन्होंने नैतिकता, धर्म और धार्मिकता जैसे विषयों का समर्थन किया। अपने संकीर्तनों के द्‌वारा इन्होंने ईश्वर और मानव के बीच का संबंध रंग, जाति और वित्तीय स्थिति के अलग-अलग होने के बावजूद समान बताया।

इनकी रचनाओं को तीन शताब्दियों तक भुला दिया गया। वर्ष 1950 में आंध्र प्रदेश की राज्य सरकार ने एक समिति बनाई और महान संगीतकार स्वर्गीय डॉ. एम. बालमुरलीकृष्ण को इसका प्रमुख नियुक्त किया। उन्होंने अन्नमाचार्य की 800 से अधिक रचनाओं को संगीत दिया जो आज भी भक्तों के बीच लोकप्रिय हैं।

बोध

- अन्नमाचार्य की रचनाओं को किसने संगीत दिया?

''दादी माँ, मुझे भी उनके द्‌वारा रचित कोई भजन सिखाइए। मैं अपने विद्‌यालय के वार्षिकोत्सव में गाऊँगा।'' श्रेयस ने अपनी दादी जी से आग्रह किया। दादी जी ने उसे जो भजन सिखाया वह था—

देवदेवं भजे दिव्यप्रभावम्
माधव केशव मधुसूदना
नारायणं ते नमो नमो
राजीवनेत्राय राघवाय नमो
त्वमेव शरणम्
वन्देहं जगद्‌वल्लभं
वन्दे वासुदेवं श्रीपतिम्

श्रेयस ने जब यह गीत वार्षिकोत्सव में गाया तो तालियों की गड़गड़ाहट से पूरा सभागार गूँज उठा।

जीवन-मूल्य

ज्ञान, विश्वास, आध्यात्मिकता, आशावादिता, जिज्ञासा, संस्कृति-प्रेम, संरक्षण

आओ करें Let's Do It!

1. सुनिए, बोलिए और अपनी मातृभाषा में लिखिए—

Listen, speak and write in your mother tongue.

दादी	grandmother	....	समर्पित	dedicated	....
पितामह	grandfather	....	धार्मिकता	religiousness	....
महान	great	....	वित्तीय	financial	....
पोता	grandson	....	शताब्दी	century	....
पुष्पांजलि	wreath	....	सभागार	auditorium	....

2. याद कीजिए और लिखिए *Recall and write—*

क. श्रेयस — यह भजन आपने कहाँ से सीखा?

दादी जी — ....

ख. श्रेयस — ये कौन हैं दादी जी?

दादी जी — ....

3. उचित शब्द से रिक्त स्थान भरिए—

Fill in the blanks with the correct words.

शताब्दियों, महान, वार्षिकोत्सव, पुष्पांजलि

क. अन्नमाचार्य को एक .... भक्त के रूप में याद किया जाता है।

ख. अन्नमाचार्य ने अपनी रचनाओं को वेंकटेश्वर के लिए .... माना।

ग. इनकी रचनाओं को तीन .... तक भुला दिया गया।

घ. मैं अपने विद्यालय के .... में गाऊँगा।

4. **प्रश्नों के उत्तर दीजिए** *Answer the questions—*

क. अन्नमाचार्य को और किस नाम से जाना जाता है?

....

....

ख. अन्नमाचार्य कौन थे? इन्हें तेलुगु गीत-लेखन का पितामह क्यों माना जाता है?

....

....

ग. तेलुगु साहित्य की पहली कवयित्री किन्हें माना जाता है? उन्होंने कौन-सा ग्रंथ लिखा था?

....

....

घ. अन्नमाचार्य की रचनाओं की विशेषताओं पर प्रकाश डालिए।

....

....

....

5. **विलोम शब्दों का मिलान कीजिए** *Match the antonyms—*

देव	बुरा
अच्छा	आखिरी
एक	दानव
पूरा	अनेक
पहली	अधूरा

6. **वाक्यांश के लिए एक शब्द चुनकर लिखिए—**
Choose and write one word substitute for each of the given phrases.

वार्षिक, शताब्दी, पितामह, गीतकार, धर्म-प्रवर्तक, परिश्रमी, मृदुभाषी

मीठा बोलने वाला	—	......मृदुभाषी......
वर्ष में एक बार होने वाला	—	....
धर्म को चलाने वाला	—	....
सौ वर्षों का समय	—	....
गीतों की रचना करने वाला	—	....
परिश्रम करने वाला	—	....
पिता के पिता	—	....

जो शब्द अनेक शब्दों के स्थान पर अकेले ही प्रयोग किए जाते हैं, उन्हें अनेक शब्दों के लिए एक शब्द (one word substitution) कहते हैं।

7. **पढ़िए और समझिए** *Read and understands—*

- यह भजन श्रेयस को भी बहुत प्रिय **था**।
- दादी जी, आप बहुत अच्छा **गाती हैं**।
- मैं अपने विद्यालय में **गाऊँगा**।

ऊपर आए रंगीन शब्द क्रिया के समय को बता रहे हैं।

था	—	भूतकाल
गाती हैं	—	वर्तमान काल
गाऊँगा	—	भविष्यत काल

क्रिया के जिस रूप से उसके किए जाने या होने के समय का पता चलता है, उसे काल (tense) कहते हैं।

काल के तीन भेद होते हैं— (1) भूतकाल (2) वर्तमान काल (3) भविष्यत काल

दिए गए वाक्यों में क्रिया का काल पहचानकर भेद लिखिए—

Identify the tense of the verb in the given sentences and write its type.

क. तिरमक्का को तेलुगु साहित्य की पहली कवयित्री माना जाता है। ....

ख. अन्नमाचार्य एक हिंदू संत और भारतीय संगीतकार थे। ....

ग. दादी, मैं भी उनके गीत सीखूँगा। ....

घ. तिरमक्का ने 'सुभद्रा कल्याणम' लिखा था। ....

8. **सुनिए, बोलिए और लिखिए** *Dictation—*

शताब्दी कडप्पा तिरुमलाचार्य संकीर्तन पुष्पांजलि आशंकाओं वित्तीय समिति वार्षिकोत्सव

9. **सुलेख** *Calligraphy—*

अन्नमाचार्य को अन्नामय्या के नाम से भी जाना जाता है।

रचनात्मक गतिविधि

प्रयोग-प्रसार

1. **कबीर, रहीम तथा तिरुवल्लुवर के चार-चार दोहे चार्ट पेपर पर लिखकर कक्षा में लगाइए और उनके भाव बताइए।** Appreciation of Literature/Art Integration
2. **कोई गीत जो आपको पसंद हो, उसे लिखिए—** Art Integration/Writing Skills

दूसरी गंगा लानी पड़ेगी

एक बार कबीर गंगा में स्नान कर रहे थे। चार ब्राह्मण भी गंगा स्नान के लिए आए। स्नान के बाद वे पूजा करना चाहते थे, पर उनके पास जल चढ़ाने के लिए लोटा नहीं था। कबीर ने अपना लोटा गंगा किनारे की रेत से साफ़ किया, उसे गंगा के जल से धोया और ब्राह्मणों से कहा, ''आप मेरा लोटा ले लीजिए।''

उनमें से एक ब्राह्मण ने कहा, ''मगर तुम तो जुलाहा हो। तुम्हारे लोटे से हम कैसे पूजा कर सकते हैं?'' कबीर ने पुनः कहा, ''मैंने इसे गंगा किनारे की रेत से साफ़ कर गंगाजल से धो दिया है महाराज। अब भला यह लोटा अपवित्र कैसे रहा?''

ब्राह्मण ने कहा, ''मगर धो लेने के बाद भी तो तुमने इसे छू दिया है।''

''फिर तो गंगा का जल भी अपवित्र हो चुका है, क्योंकि मैं इसमें स्नान कर चुका हूँ। अब तो आपको स्नान करने के लिए कोई दूसरी गंगा लानी पड़ेगी।''

कबीर का यह उत्तर सुनकर वे चारों बुरी तरह झेंप गए।

3 संगीत के साथी

अधीति

- आपको कौन-सा वाद्‌य-यंत्र पसंद है?
- क्या आप कोई वाद्‌य-यंत्र बजाना जानते हैं?

8 DECENT WORK AND ECONOMIC GROWTH

''वीणा, जल्दी तैयार हो जाओ। हमें शास्त्रीय संगीत के कार्यक्रम में जाना है।'' माँ तैयार होते-होते बोलीं।

वीणा दौड़ती हुई आई और बोली, ''माँ, क्या इस कार्यक्रम में मामा जी भी आएँगे?''

''हाँ, जल्दी करो। वे हमारा इंतज़ार कर रहे होंगे।''

माँ और वीणा झटपट तैयार होकर ऑडिटोरियम पहुँच गईं। मामा जी बाहर ही दोनों का इंतज़ार कर रहे थे। वीणा को देखते ही मामा जी बोले, ''आओ वीणा, मैं तुम्हें अपने संगीत के साथियों से मिलवाता हूँ।''

तीनों एक बड़े-से हॉल में गए। वीणा की आँखें फटी-की-फटी रह गईं। चारों तरफ़ तरह-तरह के वाद्‌य-यंत्र रखे हुए थे। मामा जी बोले, ''वीणा, ये हैं मेरे संगीत के साथी।''

बोध

- वीणा और माँ का इंतज़ार कौन कर रहा था?

शिक्षण-संकेत : शिक्षिका बच्चों का ध्यान पाठ के शीर्षक की ओर आकर्षित करते हुए उन्हें बताएँ कि हमारे चारों ओर प्रकृति में संगीत फैला हुआ है। नदियों के कल-कल बहने, चिड़ियों के चहचहाने, पत्तों के हिलने और बूँदों के टपकने में भी संगीत की धुन है।

मामा जी एक-एक वाद्‌य-यंत्र से वीणा का परिचय करवाते हैं—

तबला

इसे कहते हैं तबला
यह हमेशा जोड़े में आता
बड़ा ढोल बाईं तरफ़
छोटा ढोल दाईं तरफ़
धा धिन धिन धा, धा धिन धिन धा।

हारमोनियम

डिब्बे जैसा दिखने वाला
हारमोनियम है कहलाता
संग हवा के मिलकर यह
सा, रे, गा, मा, पा, धा, नी, सा धुन बनाता।

सितार

लंबी गरदन, कद्‌दू-सा आकार
बज उठती मीठी धुन
जब मिलते सात तार
लोकप्रिय है देश-विदेश में
हमारा यह प्यारा सितार।

बोध

- कौन-सा वाद्‌य-यंत्र डिब्बे जैसा दिखता है?

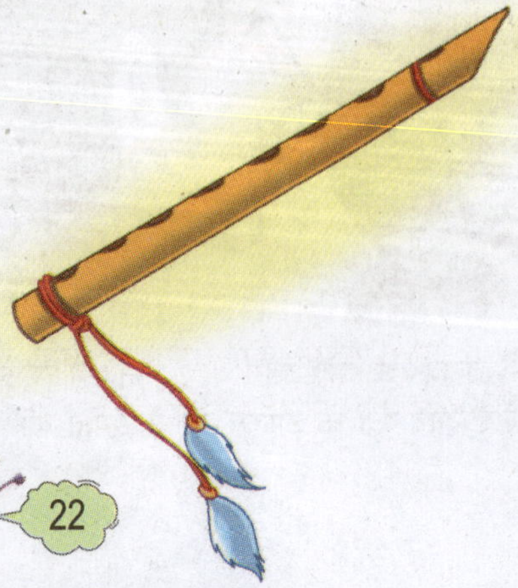

बाँसुरी

इसमें फूँको सुर बन जाता
बाँसुरी है कृष्ण का प्यारा बाजा
उँगलियों से इसपर धुन बनाना
साथ जहाँ चाहे ले जाना।

शहनाई

इसका स्वर खोले यादों का पिटारा,
याद है, कहाँ सुना था तुमने यह बाजा?
वीणा हँसते हुए गाने लगी—
''मामी की शादी में बजी थी शहनाई।
सब लोग कह रहे थे— बधाई हो बधाई!''

माँ, मामा जी और वीणा खिलखिलाकर हँस पड़े।

बोध

- मामा जी ने वीणा से क्या पूछा?

जीवन-मूल्य

ज्ञान, जिज्ञासा, संगीत-प्रेम, संस्कृति-प्रेम

आओ करें Let's Do It!

1. सुनिए, बोलिए और अपनी मातृभाषा में लिखिए—

Listen, speak and write in your mother tongue.

शास्त्रीय	classical	....
कार्यक्रम	event	....
इंतज़ार	wait	....
वाद्य-यंत्र	musical instrument	....
साथी	friend	....
परिचय	introduction	....
लोकप्रिय	popular	....
विदेश	foreign	....
प्यारा	lovable	....
बधाई	congratulations	....

2. याद कीजिए और लिखिए, आगे क्या हुआ *Recall and write what happened next—*

क. माँ और वीणा तैयार होकर ऑडिटोरियम पहुँच गए। ....

....

ख. तीनों एक बड़े-से हॉल में गए। ....

....

3. सही उत्तर पर ✓ का निशान लगाइए *Tick ✓ the correct answer—*

क. वीणा माँ के साथ कहाँ जा रही थी?

☐ पार्क ☐ बाज़ार

☐ मेला ☐ संगीत कार्यक्रम में

ख. कार्यक्रम में वीणा और माँ के अलावा और कौन आने वाला था?

☐ मौसी जी ☐ मामा जी

☐ वीणा का भाई ☐ वीणा की सहेली

ग. हॉल में चारों तरफ़ क्या रखा हुआ था?

☐ खिलौने ☐ फूल ☐ कुरसियाँ ☐ वाद्य-यंत्र

घ. कौन-सा वाद्य-यंत्र हमेशा जोड़े में आता है?

- [ ] ढोल
- [ ] तबला
- [ ] हारमोनियम
- [ ] सितार

4. प्रश्नों के उत्तर दीजिए *Answer the questions—*

क. क्या देखकर वीणा की आँखें फटी-की-फटी रह गईं?

....

....

ख. मामा जी ने वीणा को किनसे मिलवाया? उनके क्या नाम थे?

....

....

ग. कृष्ण का प्यारा बाजा कौन-सा है? इसे कैसे बजाते हैं?

....

....

घ. वीणा ने हँसते हुए क्या गाया?

....

....

5. माँ और वीणा झटपट तैयार होकर ऑडिटोरियम पहुँच गईं।

ऊपर आए रंगीन शब्द व्यक्ति और स्थान के नाम हैं।

> किसी प्राणी, वस्तु, स्थान अथवा भाव के नाम को संज्ञा (noun) कहते हैं।

संज्ञा के तीन भेद होते हैं— व्यक्तिवाचक संज्ञा, जातिवाचक संज्ञा और भाववाचक संज्ञा।

व्यक्तिवाचक संज्ञा— वीणा कबीर चेन्नई ताजमहल

> किसी विशेष व्यक्ति, स्थान या वस्तु के नाम व्यक्तिवाचक संज्ञा (proper noun) कहलाते हैं।

जातिवाचक संज्ञा— माँ शहर यंत्र साथी

जिन शब्दों से एक जाति के सभी प्राणियों, वस्तुओं या स्थानों का बोध हो, वे जातिवाचक संज्ञा (common noun) कहलाते हैं।

भाववाचक संज्ञा— हँसना दोस्ती ऊँचाई प्यार

किसी व्यक्ति या पदार्थ के गुण, भाव, दशा आदि का बोध कराने वाले शब्द भाववाचक संज्ञा (abstract noun) कहलाते हैं।

दिए गए संज्ञा शब्दों को सही स्थान पर लिखिए—

Choose and write the nouns at their correct places.

बचपन	फल	सच्चाई	शिक्षिका	पर्वत	अमेरिका
मेहनत	खुशी	यमुना	डल-झील	लालकिला	छात्र

व्यक्तिवाचक	जातिवाचक	भाववाचक
....	....	....
....	....	....
....	....	....
....	....	....

6. 'वीणा जल्दी तैयार हो जाओ।' इस वाक्य में किसी काम के होने का पता चल रहा है।

जिन शब्दों से किसी काम के होने या करने का पता चलता है, उन्हें क्रिया (verb) कहते हैं।

दिए गए वाक्यों में क्रिया शब्दों पर गोला ◯ लगाइए—

Circle ◯ the verbs in these sentences.

क. चारों तरफ़ तरह-तरह के वाद्य-यंत्र रखे हुए थे।

ख. मामा जी बाहर ही दोनों का इंतज़ार कर रहे थे।

ग. तीनों एक बड़े-से हॉल में गए।

घ. मैं तुम्हें अपने संगीत के साथियों से मिलवाता हूँ।

7. पढ़िए और समझिए *Read and understand—*

- माँ और वीणा झटपट तैयार हो गईं।
- सभी खिलखिलाकर हँस पड़े।
- मामा जी बाहर ही दोनों का इंतज़ार कर रहे थे।

वाक्यों में आए रंगीन शब्द क्रिया की विशेषता बता रहे हैं। 'बाहर' शब्द क्रिया के होने का स्थान और 'झटपट', 'खिलखिलाकर' शब्द क्रिया के होने का ढंग बता रहे हैं।

> जो शब्द क्रिया के होने के स्थान, काल, रीति या परिमाण के बारे में बताते हैं, उन्हें क्रियाविशेषण (adverb) कहते हैं।

क्रियाविशेषण चार प्रकार के होते हैं—

कालवाचक	—	प्रतिदिन, अभी-अभी, आज, इस समय आदि।
स्थानवाचक	—	बाहर, चारों ओर, ऊपर, नीचे आदि।
रीतिवाचक	—	धीरे-धीरे, हँसते-हँसते, अचानक, जल्दी आदि।
परिमाणवाचक	—	पूरा, थोड़ा, अधिक, कुछ, कम, लगभग आदि।

दिए गए क्रियाविशेषण शब्दों से वाक्य बनाइए—

Make sentences using the given adverbs.

प्रतिदिन — ....

ऊपर — ....

धीरे-धीरे — ....

कम — ....

8. पढ़िए, बोलिए और लिखिए *Dictation—*

शास्त्रीय	संगीत	कार्यक्रम	ऑडिटोरियम	वाद्‌य-यंत्र	हॉल
हारमोनियम	कद्‌दू	लोकप्रिय	कृष्ण	शहनाई	बधाई

9. **सुलेख** *Calligraphy*—

वीणा शास्त्रीय संगीत कार्यक्रम देखने गई।

रचनात्मक गतिविधि

प्रयोग-प्रसार

1. **नीचे दिए गए वाद्य-यंत्रों के प्रसिद्ध वादकों के नाम इंटरनेट की सहायता से पता करके लिखिए।** ICT

 ....

 ....

 ....

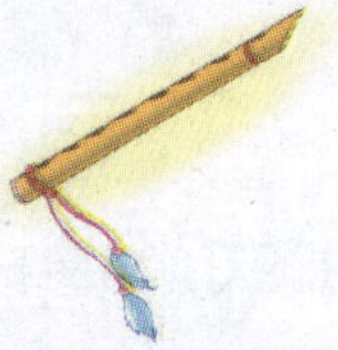 ....

2. **आपको जो वाद्य-यंत्र पसंद है, उसका चित्र बनाइए—** Art Integration

4 स्वदेश

अधीति

- पाठ के शीर्षक से आप क्या अनुमान लगाते हैं?
- अपने देश के लिए आप क्या-क्या कर सकते हैं?

जो भरा नहीं है भावों से,
बहती जिसमें रसधार नहीं।
वह हृदय नहीं है, पत्थर है,
जिसमें स्वदेश का प्यार नहीं।

जिसकी मिट्टी में पले-बढ़े,
पाया जिसमें दाना-पानी।
हैं माता-पिता बंधु जिसमें,
हम हैं जिसके राजा-रानी।

उसपर है नहीं पसीजा जो,
क्या है वह भू का भार नहीं।
वह हृदय नहीं है, पत्थर है,
जिसमें स्वदेश का प्यार नहीं।

—गयाप्रसाद शुक्ल 'स्नेही'

बोध

- हम कहाँ के राजा-रानी हैं?

जीवन-मूल्य

दृढ़ संकल्प, आत्मविश्वास, देश-प्रेम

शिक्षण-संकेत : कक्षा में शहीदों के चित्रों का चार्ट लगाएँ और उनके जीवन पर चर्चा करें।

आओ करें Let's Do It!

1. सुनिए, बोलिए और अपनी मातृभाषा में लिखिए—
Listen, speak and write in your mother tongue.

भरा	full	....	प्यार	love	....
भाव	emotion	....	मिट्टी	soil	....
बहती	flows	....	दाना-पानी	food and drink	....
हृदय	heart	....	बंधु	brother	....
स्वदेश	motherland	....	पसीजा	melted	....

2. कविता की पंक्तियों का मिलान कीजिए *Match the lines of the poem—*

उस पर है	रसधार नहीं।
वह हृदय नहीं है	पले-बढ़े,
बहती जिसमें	पत्थर है,
जिसकी मिट्टी में	नहीं पसीजा जो,

3. याद कीजिए और लिखिए *Recall and write—*

जिसकी मिट्टी ....
.... पानी।

हैं माता-पिता ....
.... राजा-रानी।

4. प्रश्नों के उत्तर दीजिए *Answer the questions—*

क. कवि ने कैसे हृदय को पत्थर बताया है?

....

....

ख. 'हैं माता-पिता बंधु जिसमें' इस पंक्ति का क्या अर्थ है?

....

....

ग. भू का भार किसे कहा गया है और क्यों?

....

....

घ. स्वदेश के प्रति प्यार क्यों आवश्यक है?

....

....

5. समानार्थी शब्दों का मिलान कीजिए *Match the synonyms—*

हृदय	प्रेम
मिट्टी	भूमि
पानी	मातृभूमि
प्यार	उर
भू	धूल
स्वदेश	जल

समान अर्थ बताने वाले शब्द समानार्थी (synonyms) कहलाते हैं।

6. समान लय वाले शब्द चुनकर लिखिए—
Choose and write the rhyming words.

भरा, जो, स्वदेश, पाया, माता, दाना

को — ....जो.......

हरा — ....

आदेश — ....

लाया — ....

जाता — ....

खाना — ....

7. पढ़िए और समझिए *Read and understand—*

दाना-पानी — दाना और पानी

राजा-रानी — राजा और रानी

जिस समस्तपद में योजक-चिह्न (-) लगा रहता है और विग्रह करने पर 'और', 'एवं', 'तथा' आदि लगता है, उसे द्वंद्व समास (copulative compound) कहते हैं।

दिए गए समस्तपदों का विग्रह कीजिए *Split the compound words—*

नाना-नानी — ....

भला-बुरा — ....

सुख-दुख — ....

हार-जीत — ....

माता-पिता — ....

रात-दिन — ....

8. सुनिए, बोलिए और लिखिए *Dictation—*

हृदय   पत्थर   स्वदेश   मिट्टी   बंधु   प्यार

9. सुलेख *Calligraphy—*

हम अपने देश से प्यार करते हैं।

रचनात्मक गतिविधि

प्रयोग-प्रसार

❖ भारत की आज़ादी के लिए हज़ारों देशभक्तों ने अपने प्राण न्योछावर कर दिए थे। स्वदेश के प्रेम के लिए बलिदान देने वाले कुछ देशभक्तों के चित्र चिपकाइए और उनके नाम लिखिए—

Knowledge of India

....

....

5 योग दिवस

अधीति

- क्या आप योग करते हैं?
- कुछ योगासनों के नाम बताइए।

3 GOOD HEALTH AND WELL-BEING

सोसाइटी में योग दिवस पर योग शिविर का आयोजन किया जा रहा था। बच्चों का उत्साह देखते ही बनता था।

मुरली : रोहन, 21 जून को कौन-सा दिन है?

रोहन : मंगलवार है। क्यों, क्या हुआ?

मुरली : मुझे बुधवार को पिता जी के साथ कहीं जाना है।

रोहन : वाह! तो तुम मंगलवार को शिविर में आ सकोगे।

शिवम : लेकिन योग दिवस पर कौन-से कार्यक्रम होंगे?

रोहन : योग करवाया जाएगा।

मुत्तुस्वामी : अरे बच्चो! योग दिवस के लिए तैयार हो ना?

शिवम : हाँ चाचा जी, लेकिन मुझे कुछ प्रश्न पूछने हैं।

मुत्तुस्वामी : बेटा, सारे प्रश्न लिखकर रख लो। उस दिन स्वामी जी आएँगे तो उनसे पूछना।

(योग दिवस के दिन सभी लोग समय पर पार्क में लगे शिविर में पहुँच गए और वहाँ व्यवस्थित किए गए आसनों पर बैठ गए। स्वामी जी के आने पर सभी अपनी जगह पर खड़े हो गए।)

बोध

- योग दिवस कब मनाया जाता है?

सभी लोग : प्रणाम स्वामी जी!

स्वामी जी : प्रणाम, सभी लोग बैठिए। योग दिवस के पावन अवसर पर आप सबका स्वागत है।

शिवम : स्वामी जी, मुझे कुछ प्रश्न पूछने हैं।

स्वामी जी : ज़रूर बेटा, जिसे जो पूछना है पूछिए। फिर हम कुछ योगाभ्यास करेंगे।

शिक्षण-संकेत : बच्चों को योग से होने वाले लाभ से परिचित करवाएँ।

शिवम : स्वामी जी, योग क्या है?

स्वामी जी : योग एक क्रिया है जो शरीर, मन, बुद्धि और आत्मा के बीच संतुलन बनाने का काम करती है।

बोध

- किस उम्र के लोग योग कर सकते हैं?

रोहन : योग से क्या लाभ होते हैं?

स्वामी जी : योग से बीमारियों का उपचार किया जा सकता है। इससे शारीरिक और मानसिक तकलीफ़ों को दूर किया जा सकता है। योग शरीर को शक्तिशाली एवं लचीला बनाए रखने के साथ ही तनाव से छुटकारा दिलाता है।

मुरली : किस उम्र के लोग योग कर सकते हैं?

स्वामी जी : किसी भी उम्र के लोग योग कर सकते हैं। यह खिलाड़ी, एथलीट, नर्तक, वृद्धों, बच्चों आदि सभी के लिए उपयोगी है।

रोहन : योग की शुरुआत कब हुई थी?

स्वामी जी : बेटा, योग का इतिहास बहुत प्राचीन है।

शिवम : क्या योग दिवस सिर्फ़ भारत में ही मनाया जाता है?

स्वामी जी : नहीं, योग के महत्व को देखते हुए संयुक्त राष्ट्र संघ ने पूरे विश्व में 21 जून को 'अंतरराष्ट्रीय योग दिवस' मनाने की घोषणा की है। अच्छा, अब मैं आपको कुछ ज़रूरी आसन बताता हूँ।

(स्वामी जी के साथ आए लड़के-लड़कियों ने योग के आसन करके दिखाए।)

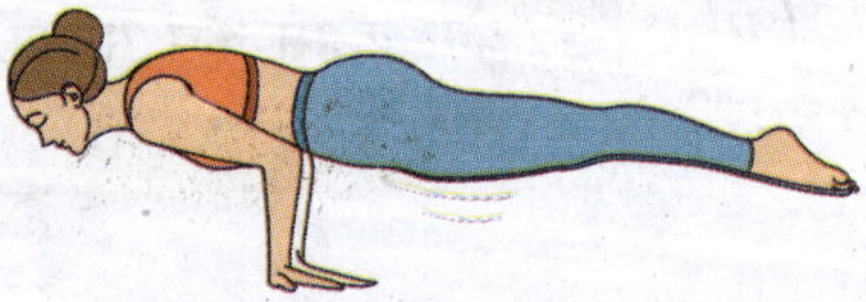

मयूरासन

वज्रासन

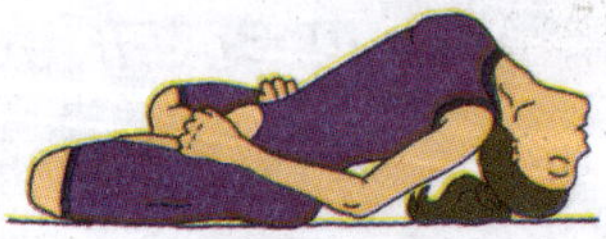

मत्स्यासन

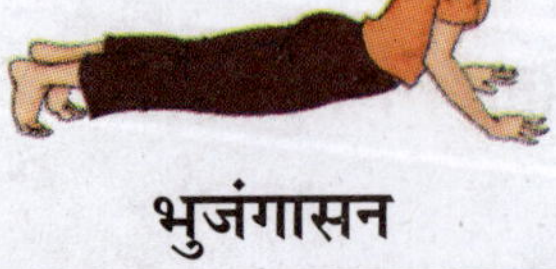

भुजंगासन

पद्मासन

शवासन

जीवन-मूल्य

आत्मविश्वास, ज्ञान, स्वास्थ्य के प्रति जागरूकता

आओ करें Let's Do It!

1. सुनिए, बोलिए और अपनी मातृभाषा में लिखिए—
Listen, speak and write in your mother tongue.

शिविर	camp	....	लाभ	benefit	....
व्यवस्थित	arranged	....	शारीरिक	physical	....
आसन	mat	....	मानसिक	mental	....
पावन	holy	....	तकलीफ़	trouble	....
आत्मा	soul	....	इतिहास	history	....
संतुलन	balance	....	घोषणा	announcement	....

2. मिलान कीजिए *Match the following—*

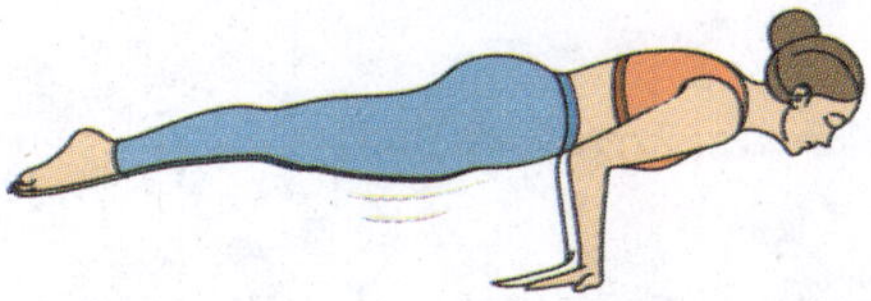

वज्रासन
मयूरासन
भुजंगासन
मत्स्यासन
शवासन
पद्मासन

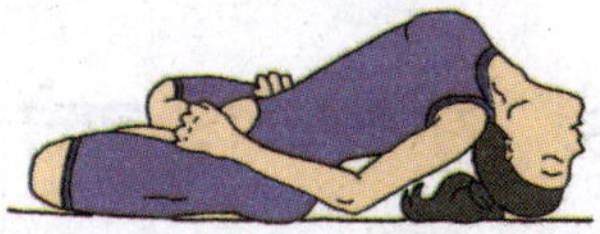

3. याद करके संवाद पूरे कीजिए *Recall and complete the dialogues—*

क. सभी लोग : प्रणाम स्वामी जी!
स्वामी जी : ....

ख. रोहन : योग की शुरुआत कब हुई थी?
स्वामी जी : ....

4. प्रश्नों के उत्तर दीजिए *Answer the questions—*

क. योग क्या है?

....

....

ख. योग के क्या लाभ हैं?

....

....

ग. संयुक्त राष्ट्र संघ ने क्या घोषणा की है?

....

....

घ. स्वामी जी ने कौन-कौन-से ज़रूरी आसन बताए?

....

....

5. समान अर्थ वाले शब्द लिखिए *Write the synonyms—*

प्राचीन — ...., पुराना, पुरातन

उम्र — ...., वय, अवस्था

बीमारी — ...., व्याधि, रोग

विश्व — ...., जगत, जग

6. विशेषण को विशेष्य से मिलाइए *Match the adjectives with their substantives—*

प्राचीन	शरीर
व्यवस्थित	अवसर
पावन	इतिहास
स्वस्थ	आसन

संज्ञा की विशेषता बताने वाले शब्द विशेषण (adjective) और जिन संज्ञा शब्दों की विशेषता बताई जाए, वे विशेष्य (substantive) कहलाते हैं।

7. ्र / र् का प्रयोग करके शब्द पूरे कीजिए—

Complete the words using ्र / र्.

्र	—	प्राचीन	उम	कम	पणाम	पश्न
र्	—	नर्तक	काय	वष	आशीवाद	वषा

8. **शब्दों को जोड़कर नए शब्द बनाइए** *Make new words—*

योग + आसन = ...योगासन......

योग + अभ्यास = ...

स्व + अधीन = ...

हिम + आलय = ...

सूर्य + अस्त = ...

भाव + अर्थ = ...

जब दो वर्णों के मिलने से परिवर्तन होता है तो उसे संधि (joining words) कहते हैं।

9. **सुनिए, बोलिए और लिखिए** *Dictation—*

शिविर, आयोजन, व्यवस्थित, योगाभ्यास, तकलीफ़, शक्तिशाली, दिवस

10. **सुलेख** *Calligraphy—*

योग से बीमारियों का उपचार किया जा सकता है।

रचनात्मक गतिविधि

प्रयोग-प्रसार

1. **ये दिवस कब मनाए जाते हैं, इंटरनेट से पता करके लिखिए—** ICT, Global Awareness

विश्व पर्यावरण दिवस ....

विश्व स्वास्थ्य दिवस ....

विश्व ओज़ोन दिवस ....

विश्व पृथ्वी दिवस ....

2. **सूर्य नमस्कार के 12 आसनों के चित्र चार्ट पेपर पर चिपकाइए।**

Art Integration, Health Literacy

रोचक जानकारी

दोहे— पॉलीथिन है शाप

पन्नी को कर दीजिए, सब मिल-जुलकर बंद।
भूमि प्रदूषित ये करे, फैलाती है गंद॥

नाली में गिर जाय तो, पानी देती रोक।
कीचड़ गलियों में बहे, लोग मनाते शोक॥

पन्नी नहीं जलाइए, वायु प्रदूषित होय।
सड़ जाएँगे फेफड़े, नहीं बचेगा कोय॥

बहिष्कार कर दीजिए, पॉलीथिन का आप।
जीवन है वरदान यदि, पॉलीथिन है शाप॥

—सुनहरी लाल वर्मा 'तुरंत'

6 बतुकम्मा

अधीति

- भारत में मनाए जाने वाले कुछ प्रमुख त्योहारों के नाम बताइए।
- आपको कौन-सा त्योहार सबसे ज़्यादा पसंद है और क्यों?

11 SUSTAINABLE CITIES AND COMMUNITIES

अनन्या : पार्वती, मैं जब से तुम्हारे घर आई हूँ, देख रही हूँ, सभी बहुत व्यस्त हैं, विशेषकर घर की सभी स्त्रियाँ।

पार्वती : हाँ, तुम बिलकुल ठीक कह रही हो। आज से बतुकम्मा शुरू हो रहा है ना। सब उसी की तैयारी में व्यस्त हैं।

अनन्या : बतुकम्मा! यह क्या है?

पार्वती : बतुकम्मा तेलंगाना संस्कृति को दर्शाने वाला एक त्योहार है। यह महिलाओं द्वारा मनाया जाता है। बोनालु के साथ इसे भी तेलंगाना का राजकीय पर्व घोषित किया गया है।

अनन्या : बतुकम्मा का अर्थ क्या होता है?

पार्वती : बतुकम्मा दो शब्दों के मेल से बना है— बतुक + अम्मा। 'बतुक' का अर्थ है— जीवन और 'अम्मा' का अर्थ है— देवी माँ। इसमें जीवनदायिनी देवी महागौरी को 'बतुकम्मा' के रूप में पूजा जाता है।

बोध

- बतुकम्मा किसके द्वारा मनाया जाता है?

अनन्या : आज तो महालय अमावस्या है ना।

पार्वती : हाँ, यह पर्व महालय अमावस्या को आरंभ होता है और दुर्गा अष्टमी को समाप्त होता है। यह त्योहार नौ दिनों तक मनाया जाता है।

शिक्षण-संकेत : बच्चों को भारत में मनाए जाने वाले अन्य त्योहारों की जानकारी दें। त्योहारों से मिलने वाले संदेश, उनके मनाए जाने के कारण बताएँ।

अनन्या : सभी पट्टू साड़ियाँ और गहने क्यों निकाल रहे हैं?

पार्वती : इस दिन घर की स्त्रियाँ स्नान करके पारंपरिक पट्टू साड़ियाँ और गहने पहनती हैं। फिर बतुकम्मा बनाती हैं।

बोध

- 'थम्मबलम' किसे कहते हैं?

अनन्या : बतुकम्मा कैसा होता है?

पार्वती : बतुकम्मा फूलों का एक सुंदर ढेर होता है। इसमें औषधीय गुणों वाले अनोखे मौसमी फूलों को सात परतों में मंदिर के गोपुरम के आकार में सजाया जाता है।

अनन्या : बतुकम्मा कैसे बनाते हैं?

पार्वती : एक पीतल की बड़ी थाली पर बड़ी-बड़ी पत्तियाँ बिछाई जाती हैं। फिर उसपर गनुका, कमल, अल्ली, तंगेदी, कतला आदि अलग-अलग रंगों के फूलों से पंक्ति दर पंक्ति सजाते हैं। और हाँ, इस थाली को 'थम्मबलम' कहते हैं।

अनन्या : इसे बनाने के बाद क्या करेंगे?

पार्वती : औरतें अपने आँगन को गाय के गोबर से लीपकर उसपर चावल के आटे से रंगोली बनाएँगी। लड़कियाँ पारंपरिक वेशभूषा में तैयार होंगी। शाम को सभी महिलाएँ इकट्ठी होकर आँगन के बीच में बतुकम्मा को रखकर आस-पास गोल घेरे में बैठकर लोकगीत गाएँगी। फिर इन फूलों को नदी में बहा दिया जाएगा।

अनन्या : फूलों को बहाने से क्या नदी का जल प्रदूषित नहीं हो जाएगा?

पार्वती : बतुकम्मा में प्रयोग किए जाने वाले अधिकतर फूल औषधीय गुणों से संपन्न होते हैं, इसलिए जब बहुत अधिक मात्रा में इन्हें नदियों में डाला जाता है, तब इनके औषधीय प्रभाव के कारण नदियों तथा जलाशयों का पानी शुद्ध हो जाता है।

अनन्या : मुझे लगता है, इस पर्व को मनाने में बहुत मज़ा आएगा।

पार्वती : एक और विशेष बात तुम्हें बताऊँ कि तेलंगाना के इस महत्वपूर्ण उत्सव में महिलाएँ विशाल संख्या में भाग लेती हैं। बड़े पैमाने पर महिलाओं की भागीदारी के कारण इसे 2016 में 'गिनीज़ बुक ऑफ़ वर्ल्ड रिकॉर्ड' में शामिल किया गया था।

अनन्या : अब तो मैं भी इस उत्सव में भाग लूँगी और बतुकम्मा बनाऊँगी।

पार्वती : चलो-चलो, फिर जल्दी से तैयार हो जाओ। हम भी बतुकम्मा बनाएँ।

जीवन-मूल्य

प्रेम, सौहार्द, एकता, ज्ञान, सामुदायिक भावना, संस्कृति-प्रेम

आओ करें Let's Do It!

1. सुनिए, बोलिए और अपनी मातृभाषा में लिखिए—

Listen, speak and write in your mother tongue.

स्त्रियाँ	women	....	आँगन	courtyard	....
संस्कृति	culture	....	वेशभूषा	dress	....
राजकीय पर्व	state festival	....	लोकगीत	folk song	....
अमावस्या	new moon	....	प्रदूषित	polluted	....
पारंपरिक	traditional	....	उत्सव	festival	....
पीतल	brass	....	विशाल	huge	....

2. सही उत्तर पर ✓ का निशान लगाइए *Tick ✓ the correct answer—*

क. सब किसकी तैयारी में व्यस्त थे?

☐ होली की ☐ बतुकम्मा की ☐ दीवाली की ☐ दशहरा की

ख. बतुकम्मा कहाँ मनाया जाता है?

☐ केरल में ☐ छत्तीसगढ़ में ☐ तेलंगाना में ☐ तमिलनाडु में

ग. बतुकम्मा त्योहार कितने दिनों तक मनाया जाता है?

☐ दस ☐ आठ ☐ छह ☐ नौ

3. उचित शब्द से रिक्त स्थान भरिए—

Fill in the blanks with the appropriate word—

क. बतुकम्मा का त्योहार .... द्वारा मनाया जाता है।

ख. यह पर्व महालय .... को आरंभ होता है।

ग. स्त्रियाँ स्नान करके पारंपरिक .... साड़ियाँ पहनती हैं।

घ. बतुकम्मा .... का एक सुंदर ढेर होता है।

अमावस्या
महिलाओं
फूलों
पट्टू

4. प्रश्नों के उत्तर दीजिए *Answer the questions—*

क. बतुकम्मा का क्या अर्थ होता है? इसमें किसे पूजते हैं?

....

....

ख. बतुकम्मा कैसे बनाते हैं?

....

....

ग. बतुकम्मा बनाने के बाद औरतें क्या करती हैं?

....

....

घ. बतुकम्मा के फूल बहाने पर नदी का जल प्रदूषित क्यों नहीं होता?

....

....

5. एक शब्द में उत्तर दीजिए *Answer in one word—*

तेलंगाना का राजकीय पर्व — ....

बतुकम्मा में सजाई जाने वाली थाली का नाम — ....

बतुकम्मा में स्त्रियाँ पहनती हैं — ....

बतुकम्मा में चावल के आटे से बनाई जाती है — ....

6. उपसर्ग और मूल शब्द को अलग करके लिखिए—

Write the prefix and the root word separately.

प्रदूषित — .... —	प्रयोग — .... — ....
सुकन्या — .... —	विज्ञान — .... — ....
परिश्रम — .... —	वितर्क — .... — ....

मूल शब्द के पहले जुड़कर उसका अर्थ बदलने वाले शब्दांश उपसर्ग (prefix) कहलाते हैं।

7. वाक्यों के अर्थ स्पष्ट करने के लिए उनमें विराम-चिह्न (punctuation marks) लगाए जाते हैं।

पूर्णविराम— ।   अल्पविराम— ,   प्रश्नवाचक चिह्न— ?   विस्मयबोधक चिह्न— !

उचित विराम-चिह्न लगाइए *Put appropriate punctuation marks—*

क. थाली में गनुका कमल अल्ली आदि फूल सजाते हैं

ख. क्या फूलों को बहाने से नदी का जल प्रदूषित नहीं होगा

ग. इस पर्व को मनाने में बहुत मज़ा आएगा

घ. इसे बनाने के बाद क्या करेंगे

8. **सही शब्द चुनकर रिक्त स्थान भरिए** *Fill in the blanks with the correct word—*

को	के
से	का

क. बतुकम्मा फूलों ………… सुंदर ढेर होता है।

ख. बतुकम्मा तेलंगाना संस्कृति ………… दर्शाने वाला त्योहार है।

ग. तेलंगाना ………… इस उत्सव में महिलाएँ भाग लेती हैं।

घ. थाली को फूलों ………… सजाते हैं।

संज्ञा या सर्वनाम के जिस रूप से उसका संबंध वाक्य के अन्य शब्दों के साथ स्पष्ट होता है, उसे कारक (case) कहते हैं।

9. **सुनिए, बोलिए और लिखिए** *Dictation—*

पार्वती   संस्कृति   अमावस्या   बतुकम्मा   अष्टमी   पारंपरिक   थम्मबलम   प्रदूषित

10. **सुलेख** *Calligraphy—*

बतुकम्मा फूलों का एक सुंदर ढेर होता है।

रचनात्मक गतिविधि

प्रयोग-प्रसार

1. अपने प्रिय त्योहार पर पाँच वाक्य लिखिए— **Creative Thinking**

2. बतुकम्मा त्योहार के लिए एक रंगोली बनाइए और उसे सूखे फूलों व पत्तियों से सजाइए— **Art Integration**

आनंददायक पठन

हँस भई, हँस

जानकारी

जल लोक की बात :

हमारी धरती का 71 प्रतिशत भाग समुद्रों तथा महासागरों से ढका हुआ है। अब तक हमने इनके केवल 5 प्रतिशत हिस्सों को ही खोजा है। 95 प्रतिशत हिस्सा अभी भी हमारे लिए रहस्य बना हुआ है।

मध्य महासागर पर्वतमाला को समुद्री भूमि की शुरुआत माना जाता है।

समुद्र को तीन भागों में बाँटा गया है—

ऊपरी परत

यह धरती से 200 मीटर नीचे तक का क्षेत्र है। यहाँ पर्याप्त मात्रा में प्रकाश होता है, जहाँ अधिकांश मछलियाँ रहती हैं।

मध्य परत

यह धरती से 200-1000 मीटर नीचे तक का क्षेत्र है। यहाँ बहुत कम रोशनी होती है। इसे संध्या क्षेत्र कहा जाता है। यहाँ वाले जीव हैं— लैंटर्नफिश, ब्रिसल माउथ फ़िश, ड्रैगन फिश, जेली फिश, व्हेल आदि। इसके अलावा प्लैंकटन, समुद्री, घास, ऑक्टोपस, समुद्री घोड़ा, केकड़े, कछुए, आदि भी यहाँ पाए जाते हैं।

गहरी परत

यह धरती से 1000 मीटर के नीचे का क्षेत्र है। यहाँ पूर्ण अंधकार होता है। यहाँ अधिक चमकने वाले जीव रहते हैं। जो आकार में बड़े होते हैं; जैसे— एंगलर फिश गुल्पर ईल, कुक्कर मछलियाँ आदि।

शिक्षण-संकेत : बच्चों से समुद्र और समुद्री जीवन के बारे में चर्चा करें।

करें हमारे साथ

(Cross-Curricular Learning)

समुद्री पर्वत

ये पर्वत समुद्र की सतह के नीचे मौजूद ज्वालामुखी के लावा के ठंडा होकर जमने से बनते हैं। जब यह पहाड़ इतना ऊँचा हो जाता है कि यह समुद्र से बाहर दिखाई देने लगता है तो वह द्वीप बन जाता है; जैसे— हवाई द्वीप।

कोरल रीफ़

ये समुद्र के भीतर कठोर चट्टान जैसे ढाँचे होते हैं, जो कोरल (मूँगा) नामक छोटे-छोटे समुद्री जीवों द्वारा बनाते हैं। लाखों-करोड़ों कोरल मिलकर बड़ी-बड़ी दीवारें या रीफ़ बना देते हैं। कोरल समुद्री जीवों के आश्रय स्थल के साथ-साथ औषधीय महत्व भी रखते हैं।

गरम झरने

जब समुद्र की सतह में पानी मैग्मा (पिघला हुआ लावा) और घुलनशील खनिजों के संपर्क में आता है तो गरम हो जाता है। फिर वह अत्यधिक दवाब के कारण तेज़ी से ऊपर निकलता है जो गरम झरना कहलाता है।

मरिआना गर्त

यह पृथ्वी की सतह का सबसे गहरा बिंदु माना जाता है। यह प्रशांत महासागर में स्थित मरिआना टापू के पास है। इसकी गहराई लगभग 11 किलोमीटर है।

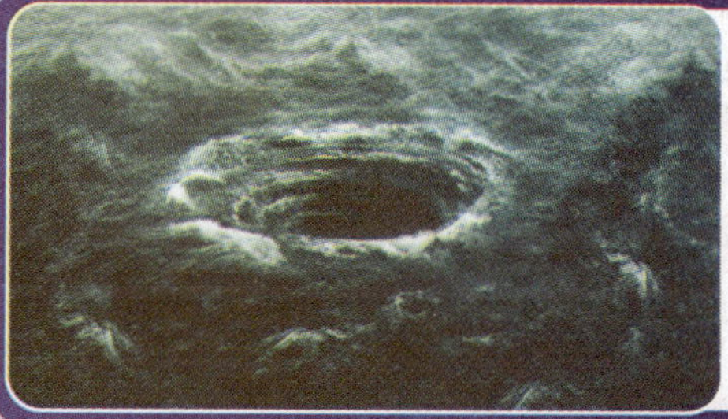

बरमूडा त्रिभुज

यह अटलांटिक महासागर में त्रिभुज के आकार की एक ऐसी जगह है जहाँ वायुयान या जहाज़ बिना कोई सुराग छोड़े गायब हो जाते हैं। इसलिए इसे शैतान का त्रिभुज भी कहा जाता है।

7 फूलों की घाटी में

अधीति
- शीर्षक पढ़कर आपके मन में सबसे पहली तसवीर कौन-सी उभरी?
- कल्पना कीजिए यदि घाटी फूलों की न होकर टॉफ़ियों की होती।

4 QUALITY EDUCATION
15 LIFE ON LAND

चलो-चलो उड़ चलें आज हम,
फूलों की उस घाटी में।
जहाँ फूल-ही-फूल खिले हों,
घाटी की उस माटी में।

देवलोक से परियाँ आतीं,
वहाँ देखने फुलवारी।
रंग-बिरंगे फूल खिले हैं,
महके केसर की क्यारी।

बोध
- कवि कहाँ उड़ चलने की बात कर रहा है?

मंद पवन दुलराए जब-जब,
झूम उठें कलियाँ सारी।
थिरक-थिरककर तितली झूमे,
फूलों की शोभा न्यारी।

भीनी खुशबू से खुश होकर,
बुलबुल गीत सुनाती है।
बारह मास जहाँ पर हर दिन,
बासंती मँडराती है।

—शोभनाथ लाल

जीवन-मूल्य
उत्साह, जिज्ञासा, सकारात्मकता

शिक्षण-संकेत : बच्चों को बताएँ कि उत्तराखंड के चमोली ज़िले में 'फूलों की घाटी' है, जहाँ पर सुंदर-सुंदर फूल खिलते हैं। कविता का सस्वर वाचन करें और छात्रों को अपने साथ दोहराने के लिए कहें।

आओ करें Let's Do It!

1. सुनिए, बोलिए और अपनी मातृभाषा में लिखिए—
Listen, speak and write in your mother tongue.

घाटी	valley	....	पवन	wind	....
देवलोक	heaven	....	शोभा	beauty	....
फुलवारी	flower garden	....	भीनी	mild	....
केसर	saffron	....	मास	month	....
मंद	gentle	....	बासंती	spring	....

2. दिए गए चित्रों को देखकर कविता की पंक्तियाँ लिखिए—
Write the lines of the poem related to the given pictures.

क.

....
....
....
....

ख.

....
....
....
....

3. इसके बाद क्या होता है, लिखिए *Write, what happened next—*

क. देवलोक से परियाँ आतीं,
....

ख. भीनी खुशबू से खुश होकर,
....

4. प्रश्नों के उत्तर दीजिए *Answer the questions—*

क. देवलोक से परियाँ क्यों आती हैं?

....

....

ख. मंद पवन के दुलारने से क्या होता है?

....

....

ग. 'बासंती मँडराने' का क्या अर्थ है?

....

....

घ. 'फूलों की घाटी में' कविता का भाव क्या है?

....

....

5. 'चलो-चलो उड़ चलें आज हम'

इस पंक्ति में 'हम' शब्द किसी नाम शब्द के स्थान पर आया है।

> नाम शब्द (संज्ञा) के स्थान पर प्रयुक्त होने वाले शब्द सर्वनाम (pronoun) कहलाते हैं।

वाक्यों में आए सर्वनाम शब्द पहचानकर लिखिए—
Identify and write the pronouns.

क. तुम फूलों की घाटी देखने कब गए थे? ....

ख. मैं कल फूलों की घाटी देखने जाऊँगा। ....

ग. फूलों की घाटी देखने कौन गया था? ....

घ. जो जाएगा, वह फूलों की घाटी देखेगा। ....

6. **पढ़िए और समझिए** *Read and understand—*

- पर — पंख / लेकिन
- हर — हरना (क्रिया) / प्रत्येक
- व्यंजन — पकवान / वर्णमाला के अक्षर
- पत्र — पत्ता / चिट्ठी
- घट — घड़ा / कम
- कुल — सारा / वंश

चित्र देखिए और उनके लिए एक शब्द लिखिए—

Look at the pictures and write correct homonyms.

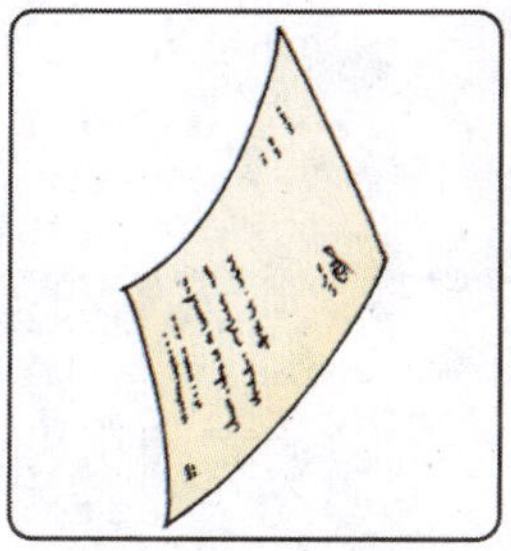

....

क, ख, च, ट

....

जो शब्द एक से अधिक अर्थ देते हैं, उन्हें अनेकार्थी (homonyms) शब्द कहते हैं।

7. **सुनिए, बोलिए और लिखिए** *Dictation—*

घाटी माटी देवलोक फुलवारी कलियाँ बासंती मँडराती

8. **सुलेख** *Calligraphy—*

घाटी में सुंदर फूल खिले हैं।

रचनात्मक गतिविधि

प्रयोग-प्रसार

1. **कल्पना कीजिए कि आप फूलों की घाटी देखकर वापस लौटे हैं। घाटी की सुंदरता का वर्णन करते हुए अपने मित्र को पत्र लिखिए।** Communication/Creative Thinking

30/34, त्रिची

तमिलनाडु

दिनांक : ....

प्रिय मित्र ....

नमस्कार

....

....

....

....

....

....

....

....

तुम्हारा प्रिय मित्र

....

2. **'फूलों की घाटी' के बारे में इंटरनेट की सहायता से जानकारी जुटाइए और चित्र सहित चार्ट बनाइए।** ICT/Art Integration

8 शकुंतला देवी

अधीति

- आपको कौन-सा विषय पसंद है और क्यों?
- क्या आपने पहले कभी शकुंतला देवी का नाम सुना है?

भार्गव : दादा जी, मैंने सवाल हल कर लिया।

भाग्या : दादा जी, मैंने भी कर लिया।

दादा जी : दिखाओ।

दोनों : यह लीजिए दादा जी!

दादा जी : वाह भार्गव! तुमने तो बिलकुल सही-सही हल कर लिया।

भाग्या : और मेरा दादा जी?

दादा जी : तुमने जोड़ने में थोड़ी गलती कर दी। इसे इस प्रकार हल करते हैं।

बोध

- भाग्या और भार्गव क्या कर रहे थे?

शिक्षण-संकेत : छात्रों से विभिन्न क्षेत्रों में सफल और प्रसिद्ध महिलाओं के बारे में चर्चा करें।

भार्गव : दादा जी, आप भी किस चक्कर में पड़ गए। लड़कियों को गणित समझ में नहीं आती है।

भाग्या : दादा जी देखिए, यह हर वक्त ऐसे ही बोलता रहता है।

भार्गव : मैंने कुछ गलत थोड़े ही बोला है। यह बात बिलकुल सही है।

दादा जी : नहीं भार्गव, ऐसा नहीं कहते हैं। सभी विषय सभी को समझ में आते हैं। तुमने शकुंतला देवी का नाम सुना है?

भार्गव : शकुंतला देवी! ये कौन हैं?

दादा जी : ये एक गणितज्ञ थीं। इन्हें 'मानव कैलकुलेटर' कहा जाता है।

भाग्या : सुना! क्या कहते हो, लड़कियों को गणित समझ में नहीं आती है!

भार्गव : अच्छा-अच्छा, अब नहीं कहूँगा। मुझे दादा जी से अभी कुछ और भी पूछना है।

दादा जी : पूछो।

भार्गव : दादा जी, वे कहाँ की रहने वाली थीं?

दादा जी : वे भारत की ही रहने वाली थीं।

भाग्या : दादा जी, इनके बारे में विस्तार से बताइए ना!

बोध

- शकुंतला देवी का जन्म कहाँ हुआ था?

दादा जी : सुनो! अद्भुत प्रतिभा की धनी शकुंतला देवी का जन्म 4 नवंबर, 1929 को बेंगलुरु के एक कन्नड़ ब्राह्मण परिवार में हुआ था। गरीब परिवार की होने के कारण उनकी औपचारिक शिक्षा नहीं हुई थी।

भार्गव : जब वे पढ़ी-लिखी ही नहीं थीं तो गणित के सवाल कैसे हल कर लेती थीं?

दादा जी : बेटा! औपचारिक शिक्षा नहीं होने का यह मतलब तो नहीं है कि कोई अनपढ़ हो।

भाग्या : दादा जी, इनके बारे में कुछ और भी बताइए।

दादा जी : सबसे पहले इनकी प्रतिभा का पता इनके पिता को तब चला जब ये तीन वर्ष की थीं।

भार्गव : वह कैसे?

दादा जी : एक दिन इनके पिता मन बहलाने के लिए इनके साथ ताश खेलने लगे और इन्होंने ताश के खेल में पिता को हरा दिया— वह भी एक बार नहीं, कई बार। यह देख पिता अचंभित रह गए। उस दिन उन्हें अपनी बेटी की प्रतिभा का पता चला।

भाग्या : फिर क्या हुआ दादा जी?

दादा जी : उसके बाद से पिता ने शकुंतला देवी के सार्वजनिक कार्यक्रमों का आयोजन करना शुरू कर दिया। लेकिन ये सभी कार्यक्रम स्थानीय स्तर पर होते थे।

भार्गव : तो फिर सारी दुनिया ने उन्हें कब जाना?

दादा जी : 16 वर्ष की अवस्था में, जब इन्होंने 13 अंकों की 2 संख्याओं का गुणनफल 28 सेकंड में करके कंप्यूटर को 10 सेकंड के अंतर से हराया था।

भार्गव : क्या! केवल 28 सेकंड में?

दादा जी : हाँ! एक बार बी.बी.सी. रेडियो द्वारा आयोजित कार्यक्रम 'नेशनवाइड' के दौरान बॉब वेलिंग्स द्वारा शकुंतला देवी से गणित के कई जटिल सवाल पूछे गए जिनके जवाब वे बिना किसी कागज़-कलम के सही-सही देती गईं। यह देख वे अचंभित रह गए।

बोध

- नेशनवाइड के दौरान किस विषय के सवाल पूछे गए?

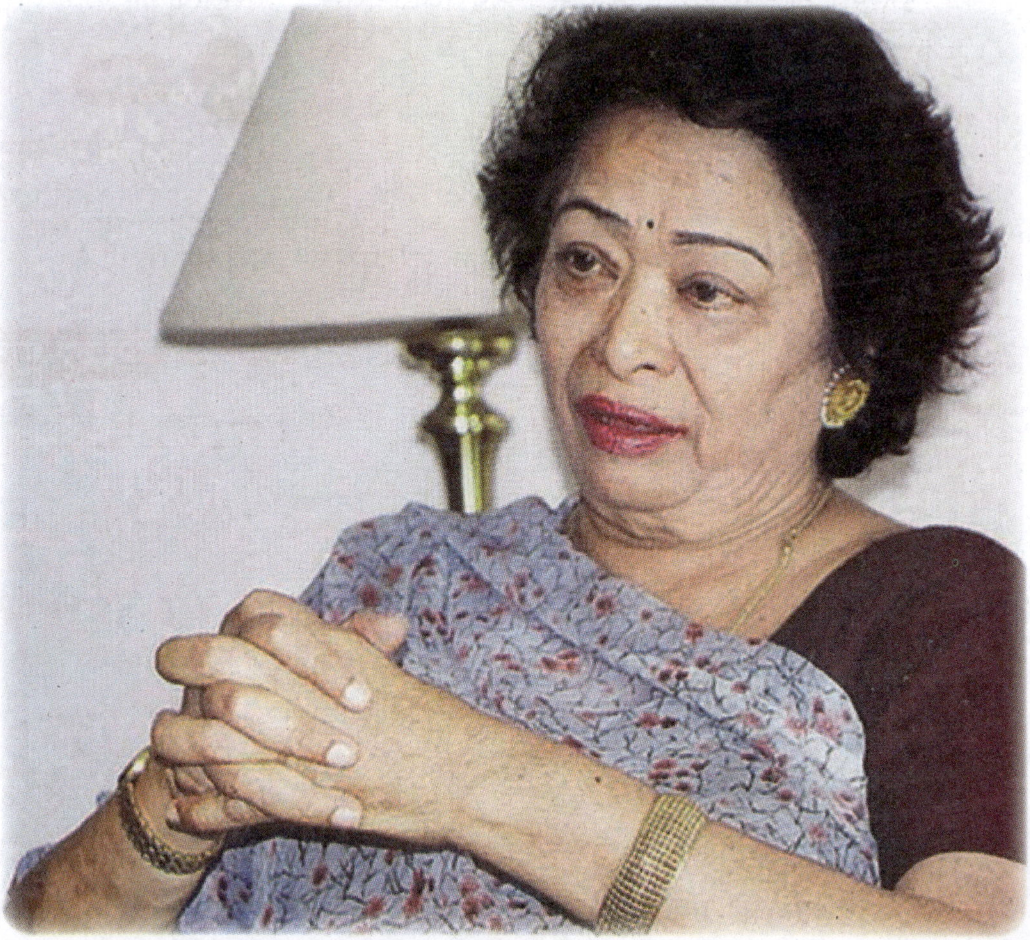

उसके बाद तो शकुंतला देवी से पूरी दुनिया परिचित हो गई। देश-विदेश में उनके कार्यक्रम आयोजित होने लगे। उन्होंने 50 से अधिक देशों की यात्राएँ कीं और कई शैक्षिक संस्थानों, थियेटर्स और टेलीविज़न पर गणितीय क्षमताओं का प्रदर्शन किया।

भाग्या : दादा जी, इन्हें 'मानव कैलकुलेटर' नाम कैसे मिला?

दादा जी : सन 1977 में अमेरिका की डलास यूनिवर्सिटी में सबसे तेज़ कंप्यूटर 'यूनीवैक' से इनका मुकाबला हुआ। इस मुकाबले में 201 अंकों की संख्या का 23वाँ मूल निकालना था जिसे हल करने में इन्हें 50 सेकंड और कंप्यूटर को 62 सेकंड लगे। इस घटना के बाद ये सारी दुनिया में 'भारतीय मानव कैलकुलेटर' के नाम से प्रसिद्ध हो गईं। इनका नाम 'गिनीज़ बुक ऑफ़ वर्ल्ड रिकॉर्ड' में दर्ज़ है और सन 2013 में गूगल ने इनके सम्मान में डूडल भी समर्पित किया था।

भार्गव : दादा जी, फिर तो इन्होंने गणित पर पुस्तकें भी लिखी होंगी?

दादा जी : हाँ, इन्होंने कई पुस्तकें लिखीं— 'फ़न विद नंबर्स', 'एस्ट्रोलॉजी फ़ॉर यू', 'पज़ल्स टू पज़ल यू' और 'मैथेबिलिटी'।

बोध

- गूगल ने इनके सम्मान में क्या समर्पित किया था?

भार्गव : दादा जी, क्या ये ज्योतिष की भी ज्ञाता थीं?

दादा जी : हाँ भार्गव।

भाग्या : दादा जी, मुझे इनकी 'पज़ल्स टू पज़ल यू' पुस्तक खरीदनी है।

भार्गव : और मुझे 'फ़न विद नंबर्स'।

दादा जी : चलो, दिलाता हूँ।

जीवन-मूल्य

ज्ञान, तरक्की, जिज्ञासा, सफलता

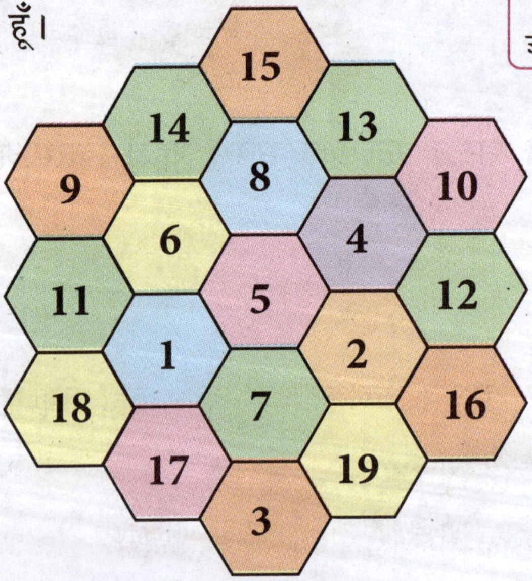

आओ करें Let's Do It!

1. सुनिए, बोलिए और अपनी मातृभाषा में लिखिए—

Listen, speak and write in your mother tongue.

सवाल	question	....	ताश	cards	....
हल	solution	....	सार्वजनिक	public	....
गणित	mathematics	....	कार्यक्रम	programme	....
गणितज्ञ	mathematician	....	स्थानीय	local	....
औपचारिक	formal	....	गुणनफल	multiplication	....
प्रतिभा	talent	....	प्रदर्शन	display	....

2. एक शब्द में उत्तर दीजिए *Answer in one word—*

क. 'मानव कैलकुलेटर' के नाम से कौन जानी जाती हैं? ....

ख. नेशनवाइड कार्यक्रम किसने आयोजित किया था? ....

ग. यूनीवैक क्या था? ....

घ. शकुंतला देवी की एक पुस्तक का नाम लिखिए। ....

3. प्रश्नों के उत्तर दीजिए *Answer the questions—*

क. शकुंतला देवी की प्रतिभा का पता सबसे पहले किसे और कब चला?

....

....

ख. शकुंतला देवी को 'मानव कैलकुलेटर' क्यों कहा गया है?

....

....

ग. शकुंतला देवी का संक्षिप्त जीवन-परिचय दीजिए।

....

....

4. शब्दों को जोड़कर लिखिए *Join the words and write—*

कार्य + क्रम = ...	रसोई + घर = ...
गुणन + फल = ...	हाथ + घड़ी = ...
राज + महल = ...	देव + भूमि = ...

5. दिए गए संज्ञा शब्दों को उनके भेद के अनुसार छाँटकर अलग-अलग लिखिए—

Sort the given nouns according to their types.

मोर, बचपन, फल, चढ़ाई, अमेरिका, सच्चाई, रमा, देश, लालकिला, देश, शिक्षिका, बच्चे,

व्यक्तिवाचक — ....

जातिवाचक — ....

भाववाचक — ....

6. वाक्य में सही स्थान पर विराम-चिह्न लगाइए—

Place the correct punctuation mark at the appropriate place in the sentence.

क. शकुंतला देवी को यह नाम कैसे मिला ☐

ख. शकुंतला देवी से पूरी दुनिया परिचित हो गई ☐

ग. दादा जी ☐ मैंने सवाल हल कर लिया ☐

घ. दादा जी इनके बारे में विस्तार से बताइए ना ☐

7. सुनिए, बोलिए और लिखिए *Dictation—*

शकुंतला	प्रतिभा	कन्नड़	ब्राह्मण	सार्वजनिक
कार्यक्रम	वेलिंग्स	शैक्षिक	यूनिवर्सिटी	प्रसिद्ध

8. सुलेख *Calligraphy—*

तुमने जोड़ने में थोड़ी गलती कर दी।

रचनात्मक गतिविधि

प्रयोग-प्रसार

1. इन्हें हल कीजिए और इनके उत्तर वर्ग-पहेली से ढूँढ़िए— Problem Solving

2+2 = ...

8+8 = ...

7+1 = ...

24−2 = ...

41−10 = ...

चा	आ	ते	र	ह
र	ठ	द	स	इ
पाँ	च	सो	बा	क
सा	त	ल	ई	ती
बा	र	ह	स	स

14−1 = ...

3×4 = ...

3+3−1 = ...

9+1 = ...

14−7 = ...

2. देश के एक गुमनाम महान गणितज्ञ वशिष्ठ नारायण सिंह के बारे में पता कीजिए और कक्षा में चर्चा कीजिए। ICT/Communication

3. महान गणितज्ञ श्रीनिवास रामानुजन का संक्षिप्त परिचय लिखिए— ICT/Cross-Curricular Learning/Subject Integration

संक्षिप्त परिचय— ....

रोचक जानकारी

प्राचीन गणितज्ञ

Knowledge of India

आर्यभट— आर्यभट प्राचीन भारत के एक महान खगोलशास्त्री और गणितज्ञ थे। इनके द्वारा रचित तीन ग्रंथ 'दशगीतिका', 'आर्यभटीय' और 'तंत्र' हैं। इन्होंने शून्य की खोज की।

वराहमिहिर— ईसा की पाँचवीं-छठी शताब्दी के भारतीय गणितज्ञ एवं खगोलशास्त्री वराहमिहिर चंद्रगुप्त विक्रमादित्य के नवरत्नों में से एक थे। 550 ई. के लगभग इन्होंने तीन महत्वपूर्ण पुस्तकें 'बृहज्जातक', 'बृहत्संहिता' और 'पंचसिद्धांतिका' लिखीं। इन पुस्तकों में त्रिकोणमिति के महत्वपूर्ण सूत्र हैं, जो वराहमिहिर के त्रिकोणमिति ज्ञान के परिचायक हैं।

भास्कराचार्य— भास्कराचार्य प्राचीन भारत के एक प्रसिद्ध गणितज्ञ एवं ज्योतिषी थे। इनके द्वारा रचित मुख्य ग्रंथ 'सिद्धांतशिरोमणि' है जिसमें इन्होंने न्यूटन से कई वर्ष पहले पृथ्वी के गुरुत्वाकर्षण के बारे में लिखा है कि 'पृथ्वी आकाशीय पदार्थों को विशिष्ट शक्ति से अपनी ओर खींचती है, इस कारण आकाशीय पिंड पृथ्वी पर गिरते हैं।' इस ग्रंथ में लीलावती, बीजगणित, ग्रहगणित तथा गोलाध्याय नामक चार भाग हैं।

श्रीनिवास रामानुजन— श्रीनिवास रामानुजन एक भारतीय गणितज्ञ थे। इन्होंने गणितीय विश्लेषण, संख्या सिद्धांत के क्षेत्र में अच्छा खासा योगदान दिया। इन्हें आधुनिक काल के महानतम गणित विचारकों में गिना जाता है। इनके कार्य से प्रभावित गणित के क्षेत्रों में हो रहे काम के लिए रामानुजन जर्नल की स्थापना की गई।

9 किसान

अधीति

- हमारे लिए अन्न कौन उपजाता है?
- यदि किसान अन्न उपजाना बंद कर दे तो क्या होगा?

नहीं हुआ है अभी सवेरा,
पूरब की लाली पहचान।
चिड़ियों के जगने से पहले,
खाट छोड़ उठ गया किसान।

खिला-पिलाकर, बैलों को ले,
करने चला खेत पर काम।
नहीं कभी त्योहार, न छुट्टी,
नहीं कभी उसको आराम।

बोध

- किसान बैलों को कहाँ ले जाता है?

गरम-गरम लू चलती सन-सन।
धरती तपती तवे समान।
तब भी करता काम खेत पर,
बिना किए आराम किसान।

शिक्षण-संकेत : किसान की दिनचर्या पर बच्चों के साथ चर्चा करें। उन्हें बताएँ कि किसान पूरे समाज को अन्न उपलब्ध कराने के लिए परिश्रम करता है।

बादल गरज रहे गड़-गड़,
बिजली चमक रही चम-चम।
मूसलधार बरसता पानी,
ज़रा न रुकता, लेता दम।

हाथ-पाँव ठिठुरे जाते हैं,
घर से बाहर निकले कौन।
फिर भी आग जला, खेतों की,
रखवाली करता वह मौन।

है किसान को चैन कहाँ,
करता रहता हरदम काम।
सीखा नहीं कभी भी उसने,
घर पर रह करना आराम।

—सत्यनारायण लाल

बोध

- हाथ-पाँव कब ठिठुरते हैं?

जीवन-मूल्य

मेहनत, उत्साह, हिम्मत, संघर्ष

आओ करें Let's Do It!

1. सुनिए, बोलिए और अपनी मातृभाषा में लिखिए—

Listen, speak and write in your mother tongue.

सवेरा	dawn	....	बादल	cloud	....
लाली	red glow	....	गरजना	to thunder	....
खाट	cot	....	मूसलधार	torrential	....
त्योहार	festival	....	ठिठुरना	to tremble	....
तपना	to burn	....	मौन	silence	....

2. चित्र देखकर कविता की पंक्तियाँ लिखिए—

Write the lines of the poem by looking at the given pictures.

....

....

....

....

3. कविता की पंक्तियों को 1, 2, 3... क्रम दीजिए—

Sequence the given lines of the poem.

☐ खिला-पिलाकर, बैलों को ले,

☐ नहीं कभी त्योहार, न छुट्टी,

☐ करने चला खेत पर काम।

☐ नहीं कभी उसको आराम।

4. प्रश्नों के उत्तर दीजिए *Answer the questions—*

क. किसान कब जागता है?

....

ख. गरमी आने पर क्या होता है?

....

....

ग. सरदी में किसान खेतों की रखवाली कैसे करता है?

....

....

घ. किसान को चैन क्यों नहीं है?

....

....

5. इन शब्दों को बोल-बोलकर पढ़िए और सही स्थान पर लिखिए—

Read aloud and write the words at the correct places.

डफली, डाली, ठंड, डलिया, पेड़, छोड़, चिड़िया, गड़-गड़, ढाल, ढकना, मेढक, ढम-ढम, बढ़ना, बूढ़ा, ओढ़ना, पढ़ना

ड —	....	....	....	....
ड़ —	....	....	....	....
ढ —	....	....	....	....
ढ़ —	....	....	....	....

6. पढ़िए और समझिए *Read and understand—*

गड़-गड़	सन-सन	गरम-गरम	खन-खन
चम-चम	सर-सर	टप-टप	छन-छन

जब दो शब्द जोड़ा बनाकर एक साथ आते हैं, तब शब्द-युग्म (word-pair) कहलाते हैं।

दिए गए शब्द-युग्मों से वाक्य बनाइए—

Make sentences with the word-pairs.

गरम-गरम — ....

सर-सर — ....

खन-खन — ....

7. किसान अन्न उपजाता है, इसलिए अन्नदाता कहलाता है।

दो शब्दों या दो वाक्यों को जोड़ने वाले शब्द योजक (conjunction) कहलाते हैं।

योजक शब्द— और, तथा, कि, एवं, इसलिए, क्योंकि, परंतु, लेकिन आदि।

वाक्यों को योजक शब्दों की मदद से जोड़िए—

Make sentences using the given conjunctions.

• किसान खेत पर पहुँचा ही था	और	पशुओं को चारा दिया।
• किसान घर पहुँचा	इसलिए	फ़सल बरबाद हो गई।
• इस वर्ष बाढ़ आ गई थी,	कि	बारिश होने लगी।

8. **दिए गए शब्दों में 'निर्' उपसर्ग लगाकर नए शब्द बनाइए—**

Make new words with 'निर्' prefix.

मल, भय, बल, धन, जल, दोष

.... + ... = ... | .... + ... = ...

.... + ... = ... | .... + ... = ...

.... + ... = ... | .... + ... = ...

9. बैल - गाय ⁝ माता - पिता ⁝ सूरज - रोशनी

शब्द के जिस रूप से उसके पुरुष या स्त्री जाति के होने का पता चले, उसे लिंग (gender) कहते हैं।

स्त्री रूप को स्त्रीलिंग (feminine) और पुरुष रूप को पुल्लिंग (masculine) कहते हैं।

दिए गए शब्दों को सही स्थान पर लिखिए—

Write the words under the correct heading.

लाली, खाट, किसान, त्योहार, तवा, धरती, बिजली, बादल, खेत, चिड़िया

स्त्रीलिंग	पुल्लिंग
....	....
....	....
....	....
....	....
....	....

10. सुनिए, बोलिए और लिखिए *Dictation—*

सवेरा पूरब खाट त्योहार तवा मूसलधार पाँव चैन

11. सुलेख *Calligraphy—*

किसान बहुत मेहनत करता है।

रचनात्मक गतिविधि

प्रयोग-प्रसार

1. शैक्षणिक भ्रमण पर किसी गाँव में जाइए। वहाँ किसानों की दिनचर्या, उनकी समस्याओं को जानिए और कक्षा में चर्चा कीजिए।

Experiential Learning

2. उगते सूरज का चित्र बनाइए—

Art Integration

यह भी जानिए

क्या है जैविक खेती

आज अधिक फ़सल प्राप्त करने के लिए खेतों में रसायन (केमिकल) डाला जाता है, जिससे हमारी और मिट्टी दोनों की सेहत खराब हो रही है। इस समस्या को दूर करने के लिए अब जैविक खेती को बढ़ावा दिया जा रहा है। इसमें प्राकृतिक रूप से तैयार (गोबर व सड़े-गले कचरे से बनी) खाद का प्रयोग किया जाता है।

जैविक खेती के लाभ—

- भूमि की जल धारण करने की और उपजाऊ क्षमता बढ़ती है।
- भूमि से पानी का वाष्पीकरण कम होता है।
- प्रदूषण कम होता है।
- कचरे का उपयोग खाद बनाने में होता है, जिससे आसपास सफ़ाई रहती है।
- फ़सल की पैदावार को नष्ट करने की आवश्यकता नहीं पड़ती।
- उत्तम गुणवत्ता की फ़सल होती है।
- हमारा स्वास्थ्य ठीक रहता है।

रोचक जानकारी

माइंडफ़ुल ईटिंग

पोषण विशेषज्ञों और डॉक्टरों ने खाने की आदतों में सुधार लाने के लिए माइंडफ़ुल ईटिंग को अपनाया है। इसका मतलब है— भोजन के प्रति जागरूक होना, मन या इच्छा की तुलना में पेट की भूख को पहचानना, पेट भरने के संकेतों को समझना और उन्हीं संकेतों के अनुसार संतुलित और स्वस्थ भोजन करना।

माइंडफ़ुल ईटिंग के लिए कुछ आसान सुझाव—

- अगर भूख नहीं है, तो न खाएँ।
- जब पेट लगभग 80% भर जाए, तब खाना बंद कर दें।
- भोजन करने से पहले खाने की मात्रा को परखें। मात्रा ज़्यादा हो, तो उसे किसी के साथ बाँटें।
- बुफ़े में खाना सोच-समझकर चुनें, हर चीज़ चखने से बचें।
- भले मेन्यू में आपकी पसंदीदा चीज़ें हों, पेट भरने के बाद परोसने से बचें।
- विज्ञापनों के झाँसे में न आएँ— रुकें, सोचें और उत्पाद के लाभ और हानियों पर विचार करें।
- टी.वी., मोबाइल, टैबलेट या कंप्यूटर के सामने बैठकर खाने से बचें— इससे भोजन और उसकी मात्रा का भान नहीं होता।
- तनाव या दुख में अत्यधिक खाना न खाएँ।

10 अनोखा पत्र

अधीति

- क्या आपने किसी को पत्र लिखा है?
- क्या आप जानते हैं कि पत्र कितने प्रकार के होते हैं?

लेंचो अपने खेतों की देखभाल करता घूम रहा था। चारों तरफ़ मक्की की फ़सल लहलहा रही थी। इस बार काफ़ी अच्छी फ़सल होगी। बस दो-चार बार बारिश हो जाए तो अच्छा हो। फ़सल पक जाए, बस फिर आराम ही आराम—कहते हुए लेंचो मुँडेर पर आ बैठा।

उस घाटी में उसके खेत थे और घर था। पास ही एक नदी बह रही थी। लेंचो कभी आसमान की ओर देखता, कभी अपने खेतों की ओर। वह मन ही मन बहुत प्रसन्न था।

तभी उसकी पत्नी ने खाने के लिए पुकारा। लेंचो अपने बच्चों को लेकर खाने के लिए घर के भीतर गया। सब खाना खा रहे थे कि अँधेरा-सा छाने लगा। लेंचो ने खिड़की से बाहर झाँका तो देखा कि एक छोटी-सी बदली सूर्य के सामने आ गई है।

बोध

- चारों तरफ़ किसकी फ़सल लहलहा रही थी?

शिक्षण-संकेत : संचार के साधनों में आए परिवर्तन पर कक्षा में चर्चा करें। बच्चों को पत्र लिखने का तरीका बताएँ।

अगले दिन सारा आसमान बादलों से ढक गया। मोटी-मोटी बूँदें गिरने लगीं। मक्की के पौधे हवा में झूम रहे थे।

लेंचो को लगा, पौधे भीगकर खुश हो रहे हैं। बूँदें धीरे-धीरे तेज़ होती गईं, हवा के झोंके भी बढ़ते गए और ओले पड़ने लगे। देखते ही देखते सारा खेत सफ़ेद ओलों से ढक गया। अब एक भी पत्ता दिखाई नहीं देता था। हर तरफ़ सफ़ेद ओले ही दिखते थे।

मक्की की सारी फ़सल बरबाद हो गई। लेंचो और उसकी पत्नी पर मुसीबतों का पहाड़ टूट पड़ा। धीरे-धीरे घर की जमा-पूँजी खत्म होने लगी और भूखे मरने की नौबत आ गई। कहीं से सौ रुपये भी मिल जाएँ तो कुछ बीज ले आऊँ और बो दूँ— लेंचो ने सोचा। पर रुपये मिलें कहाँ से!

लेंचो ने सोचा— भगवान को चिट्ठी लिखूँ। आखिर वह हमारा भगवान है, दुख में वह काम नहीं आएगा तो कौन काम आएगा! अपनी बात उससे कहने में भला कैसी शरम! लेंचो ने कागज़ उठाया और लिखने बैठ गया। उसने लिखा—

बोध

- देखते ही देखते सारा खेत किससे ढक गया?

मेरे प्यारे भगवान

मेरा हाल तो तुम्हें पता ही होगा। अब तुम्हारा ही सहारा है। अगर तुम सौ रुपये भेज दो तो मैं बीज खरीद लूँ और फ़सल बो दूँ! वरना सारे साल भूखा मरना होगा।

तुम्हारा अपना

लेंचो

उसने कागज़ मोड़कर एक लिफ़ाफ़े में डाला और बाहर लिखा—भगवान के घर। लेंचो ने नीचे अपना नाम, पता भी लिख दिया और डाकघर जाकर पत्र डाक के डिब्बे में डाल दिया।

डाकघर में डाकिये चिट्ठियों पर मोहर लगा रहे थे। मोहर लगाते-लगाते एक डाकिया रुक गया और बोला, "हैं, यह क्या? पते की जगह लिखा है— भगवान के घर! भला यह भी कोई पता हुआ!" उसने चिट्ठी डाकबाबू को दिखाई। वे बोले, "अरे! यह तो कोई बहुत बड़ा ईश्वर-भक्त लगता है। ज़रा इसका विश्वास तो देखो। आओ पढ़ें, क्या लिखा है इसने।"

चिट्ठी सबके बीच पढ़ी गई। सब बोले, ''इस आदमी का विश्वास टूटना नहीं चाहिए। हमें कुछ करना चाहिए।''

अब सलाह होने लगी कि क्या किया जाए। किसी ने दस रुपये दिए, किसी ने बीस और इस तरह अस्सी रुपये जुड़ गए। सबने रुपये एक लिफ़ाफ़े में डाले और बाहर लिखा—

लेंचो को

तुम्हारा
भगवान

एक डाकिया यह लिफ़ाफ़ा लेकर लेंचो के घर गया। उसने लेंचो को लिफ़ाफ़ा दिया। लेंचो ने लिफ़ाफ़ा देखा। उसके चेहरे पर कोई भाव नहीं आया। वह ज़ोर से बोला, ''सुनती

बोध

- लेंचो को देने के लिए कुल कितने रुपये जुड़ गए?

हो, आ गया मेरी चिट्ठी का जवाब।'' लेंचो लिफ़ाफ़ा लेकर भीतर चला गया। डाकिया हैरान रह गया। कुछ क्षण वहीं खड़ा रहा और फिर डाकघर लौट गया।

लेंचो ने लिफ़ाफ़ा खोला और रुपये गिने। बीस रुपये कम पाकर उसे बड़ा क्रोध आया। उसने झट से कलम ली और कागज़ पर एक चिट्ठी फिर से भगवान के नाम लिख दी।

चिट्ठी डाकघर पहुँची। सब उसे पढ़ने को उत्सुक थे। डाकबाबू को घेरकर सब खड़े हो गए। डाकबाबू ने लिफ़ाफ़ा खोला और ज़ोर से पढ़ने लगे—

*प्यारे भगवान,

तुमने मेरे लिए ज़रूर सौ रुपये भेजे होंगे, पर मेरे पास केवल अस्सी रुपये ही पहुँचे। लगता है डाकखाने वालों ने कुछ गड़बड़ की है। अब बीस रुपये और भेज दो, पर डाक द्वारा मत भेजना।

तुम्हारा

लेंचो

(विदेशी कथा)

प्यारे भगवान

....

....

....

....

....

....

....

तुम्हारा

बोध

- लेंचो लिफ़ाफ़ा लेकर कहाँ चला गया?

जीवन-मूल्य

सहानुभूति, विनम्रता, आभार, सहायता

संकेत*—*पत्र लिखने का यह पुराना तरीका है। आजकल पत्र में सब कुछ बाईं ओर लिखा जाता है, जैसा ऊपर के बॉक्स में दिखाया गया है।*

आओ करें Let's Do It!

1. सुनिए, बोलिए और अपनी मातृभाषा में लिखिए—

Listen, speak and write in your mother tongue.

देखभाल	care	....	डाकिया	postman	....
मक्की	corn	....	ईश्वर-भक्त	devotee of God	....
ओले	hail	....	सलाह	advice	....
भगवान	God	....	उत्सुक	curious	....
सहारा	support	....	सौ	hundred	....
डाकघर	post office	....	अस्सी	eighty	....

2. सही उत्तर पर ✓ का निशान लगाइए *Tick ✓ the correct answer—*

क. लैंचो कौन था?

☐ किसान ☐ व्यापारी ☐ सेठ ☐ हलवाई

ख. सारा आसमान किससे ढक गया?

☐ धूल से ☐ बादलों से ☐ रंगों से ☐ पक्षियों से

ग. डाकघर में डाकिये क्या कर रहे थे?

☐ सो रहे थे। ☐ खाना खा रहे थे।

☐ मोहर लगा रहे थे। ☐ गाना गा रहे थे।

घ. लेंचो ने किसे चिट्ठी लिखी?

☐ सेठ को ☐ भगवान को ☐ डाकिये को ☐ प्रधान को

3. पाठ में आए चित्र से संबंधित सभी वाक्य लिखिए—

Write all the sentences related to the picture from the chapter.

....

....

4. उचित शब्द से रिक्त स्थान भरिए—
Fill in the blanks with the appropriate word.

मुसीबतों
विश्वास
बरबाद
लिफ़ाफ़ा

क. मक्की की सारी फ़सल .... हो गई।

ख. लेंचो और उसकी पत्नी पर .... का पहाड़ टूट पड़ा।

ग. इस आदमी का .... टूटना नहीं चाहिए।

घ. एक डाकिया यह .... लेकर लेंचो के घर गया।

5. प्रश्नों के उत्तर दीजिए *Answer the questions—*

क. लेंचो और उसकी पत्नी पर मुसीबतों का पहाड़ कैसे टूट पड़ा?

....

....

ख. चिट्ठी पढ़ने के बाद डाकियों ने क्या किया?

....

....

ग. लेंचो को क्रोध क्यों आया?

....

....

घ. लेंचो ने भगवान को दूसरी चिट्ठी में क्या लिखा?

....

....

6. वचन बदलिए *Change the number—*

चिट्ठी — ....

नदी — ....

बूँद — ....

पौधा — ....

पत्ता — ....

लिफ़ाफ़ा — ....

रुपया — ....

खिड़की — ....

जो शब्द संख्या में एक होते हैं, एकवचन (singular) कहलाते हैं और जो एक से अधिक होते हैं, बहुवचन (plural) कहलाते हैं।

7. **जोड़कर शब्द लिखिए** *Join and write new words—*

अ + विश्वास — ....
अ + प्रसन्न — ....
अ + टल — ....
अ + जर — ....

कु + पात्र — ....
कु + रूप — ....
कु + कर्म — ....
कु + मार्ग — ....

8. **सुनिए, बोलिए और लिखिए** *Dictation—*

देखभाल बारिश प्रसन्न लिफ़ाफ़े चिट्ठी विश्वास कागज़ उत्सुक

9. **सुलेख** *Calligraphy—*

चिट्ठी सबके बीच पढ़ी गई।

रचनात्मक गतिविधि

प्रयोग-प्रसार

❖ **सोचकर लिखिए—**

यदि आपको ईश्वर को पत्र लिखना हो तो उसमें क्या लिखेंगे—

प्यारे भगवान

....
....
....
....
....
....
....
....

गिनती

1	१	एक	*One*
2	२	दो	*Two*
3	३	तीन	*Three*
4	४	चार	*Four*
5	५	पाँच	*Five*
6	६	छह	*Six*
7	७	सात	*Seven*
8	८	आठ	*Eight*
9	९	नौ	*Nine*
10	१०	दस	*Ten*
11	११	ग्यारह	*Eleven*
12	१२	बारह	*Twelve*
13	१३	तेरह	*Thirteen*
14	१४	चौदह	*Fourteen*
15	१५	पंद्रह	*Fifteen*
16	१६	सोलह	*Sixteen*
17	१७	सत्रह	*Seventeen*
18	१८	अठारह	*Eighteen*
19	१९	उन्नीस	*Nineteen*
20	२०	बीस	*Twenty*
21	२१	इक्कीस	*Twenty-one*
22	२२	बाईस	*Twenty-two*
23	२३	तेईस	*Twenty-three*
24	२४	चौबीस	*Twenty-four*
25	२५	पच्चीस	*Twenty-five*
26	२६	छब्बीस	*Twenty-six*
27	२७	सत्ताईस	*Twenty-seven*
28	२८	अट्ठाईस	*Twenty-eight*
29	२९	उनतीस	*Twenty-nine*
30	३०	तीस	*Thirty*
31	३१	इकतीस	*Thirty-one*
32	३२	बत्तीस	*Thirty-two*
33	३३	तैंतीस	*Thirty-three*
34	३४	चौंतीस	*Thirty-four*
35	३५	पैंतीस	*Thirty-five*
36	३६	छत्तीस	*Thirty-six*
37	३७	सैंतीस	*Thirty-seven*
38	३८	अड़तीस	*Thirty-eight*
39	३९	उनतालीस	*Thirty-nine*
40	४०	चालीस	*Forty*
41	४१	इकतालीस	*Forty-one*
42	४२	बयालीस	*Forty-two*
43	४३	तैंतालीस	*Forty-three*
44	४४	चवालीस	*Forty-four*
45	४५	पैंतालीस	*Forty-five*
46	४६	छियालीस	*Forty-six*
47	४७	सैंतालीस	*Forty-seven*
48	४८	अड़तालीस	*Forty-eight*
49	४९	उनचास	*Forty-nine*
50	५०	पचास	*Fifty*

51	५१	इक्यावन	*Fifty-one*
52	५२	बावन	*Fifty-two*
53	५३	तिरपन	*Fifty-three*
54	५४	चौवन	*Fifty-four*
55	५५	पचपन	*Fifty-five*
56	५६	छप्पन	*Fifty-six*
57	५७	सत्तावन	*Fifty-seven*
58	५८	अट्ठावन	*Fifty-eight*
59	५९	उनसठ	*Fifty-nine*
60	६०	साठ	*Sixty*
61	६१	इकसठ	*Sixty-one*
62	६२	बासठ	*Sixty-two*
63	६३	तिरसठ	*Sixty-three*
64	६४	चौंसठ	*Sixty-four*
65	६५	पैंसठ	*Sixty-five*
66	६६	छियासठ	*Sixty-six*
67	६७	सड़सठ	*Sixty-seven*
68	६८	अड़सठ	*Sixty-eight*
69	६९	उनहत्तर	*Sixty-nine*
70	७०	सत्तर	*Seventy*
71	७१	इकहत्तर	*Seventy-one*
72	७२	बहत्तर	*Seventy-two*
73	७३	तिहत्तर	*Seventy-three*
74	७४	चौहत्तर	*Seventy-four*
75	७५	पचहत्तर	*Seventy-five*
76	७६	छिहत्तर	*Seventy-six*
77	७७	सतहत्तर	*Seventy-seven*
78	७८	अठहत्तर	*Seventy-eight*
79	७९	उनासी	*Seventy-nine*
80	८०	अस्सी	*Eighty*
81	८१	इक्यासी	*Eighty-one*
82	८२	बयासी	*Eighty-two*
83	८३	तिरासी	*Eighty-three*
84	८४	चौरासी	*Eighty-four*
85	८५	पचासी	*Eighty-five*
86	८६	छियासी	*Eighty-six*
87	८७	सतासी	*Eighty-seven*
88	८८	अठासी	*Eighty-eight*
89	८९	नवासी	*Eighty-nine*
90	९०	नब्बे	*Ninety*
91	९१	इक्यानवे	*Ninety-one*
92	९२	बानवे	*Ninety-two*
93	९३	तिरानवे	*Ninety-three*
94	९४	चौरानवे	*Ninety-four*
95	९५	पचानवे	*Ninety-five*
96	९६	छियानवे	*Ninety-six*
97	९७	सतानवे	*Ninety-seven*
98	९८	अठानवे	*Ninety-eight*
99	९९	निन्यानवे	*Ninety-nine*
100	१००	सौ	*Hundred*

आनंददायक पठन

पहेलियाँ

घर बैठे ही सैर कराऊँ
देश-विदेश घुमाकर लाऊँ
बाँच मुझे ज्ञानी बन जाए
कौन है जो मेरा नाम बताए?

लिखते कविता, लिखें कहानी
मुझसे रचते सुंदर बानी
नीले जल में डुबकी खाऊँ
फिर भी शक्तिशाली कहलाऊँ।

बादल देख वह हरषाए
राष्ट्रीय पक्षी भी कहलाए
दुम पर उसकी पैसा है
कौन पक्षी ऐसा है?

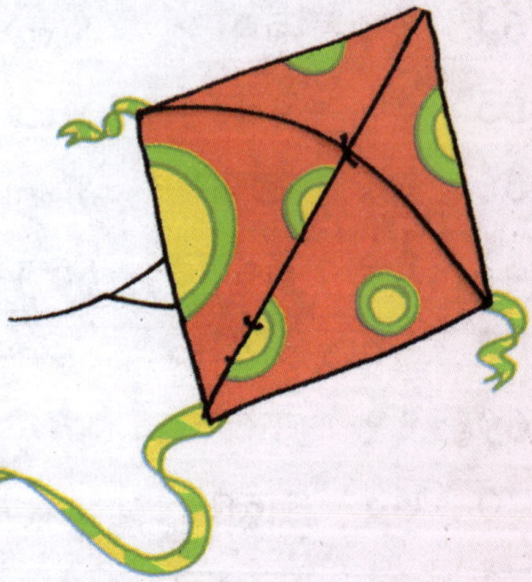

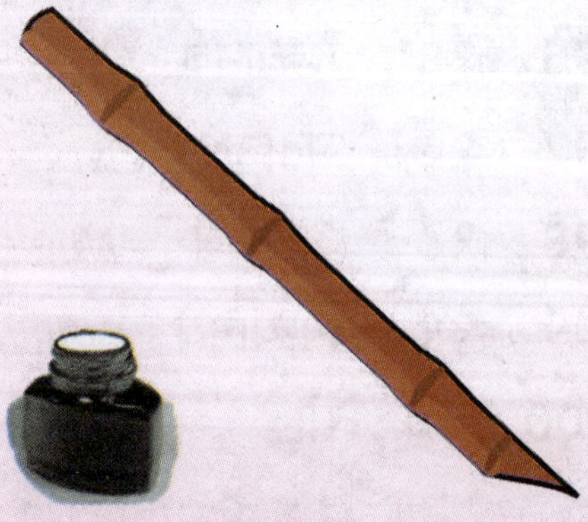

एक पहेली मैं कहूँ
देखो मेरी ओर
बिन परों के उड़ गई
बाँध गले में डोर।

शब्दकोश ऐसे देखें...

Critical Thinking/
Decision Making

कोश का शाब्दिक अर्थ होता है—खज़ाना। शब्दकोश का अर्थ हुआ—शब्दों का खज़ाना। एक ऐसा संग्रह जिसमें वर्णमाला के क्रम से शब्द, उनके विभिन्न अर्थ, मूल भाषा, व्याकरणिक रूप, मुहावरे-लोकोक्तियाँ, विशिष्ट प्रयोग और उदाहरण दिए गए हों—शब्दकोश कहलाता है। प्रायः यह देखा गया है कि व्यावहारिक रूप से हम शब्दों का प्रयोग तो कर लेते हैं परंतु उनके विभिन्न अर्थों से अपरिचित रह जाते हैं। शब्दकोश के माध्यम से किसी भी शब्द का अर्थ तथा अन्य जानकारियाँ तुरंत प्राप्त हो जाती हैं। शब्द ढूँढ़ना मुश्किल भी हो सकता है और बहुत आसान भी! बस एक ही बात मूल रूप से ध्यान रखनी है और वह है— वर्णमाला के स्वरों और व्यंजनों का क्रम। आइए, इसे विस्तार से समझते हैं।

शब्दकोश में हिंदी वर्णमाला के अनुसार शब्द देखने का क्रम

स्वर — अ, आ, इ, ई, उ, ऊ, ऋ, ए, ऐ, ओ, औ, अं, अः

देखने का क्रम— अं/अँ, अ, अः, आं/आँ, आ, इं, इ, ईं, ई, उं/उँ, उ, ऊं/ऊँ, ऊ, ऋ, एं, ए, ऐं, ऐ, ओं, ओ, औं, औ, ऑ

व्यंजन—

क	ख	ग		घ		ङ
च	छ	ज		झ		ञ
ट	ठ	ड	ड़	ढ	ढ़	ण
त	थ	द		ध		न
प	फ	ब		भ		म
य	र	ल		व		
श	ष	स		ह		
क्ष	त्र	ज्ञ		श्र		

देखने का क्रम—

कं/कँ, क, कां/काँ, का, किं, कि, कीं, की, कुं/कुँ, कु, कूं/कूँ, कू, कृं, कृ, कें, के, कैं, कै, कों, को, कौं, कौ, कॉ, क्य... क्र... क्ल... क्व... क्ष... (अन्य वर्णों को भी इसी क्रम से देखें)

मान लीजिए आपको 'क' वर्ण से शुरू होने वाले शब्द ढूँढ़ने हैं, तो शब्दकोश में उनका क्रम कुछ इस प्रकार होगा—

कंगन, कँगना, ककड़ी, कांचन, काँच, कागज़, किंकर, किताब, कीट, कुंज, कुँअर, कुआँ, कूँच, कूप, कृंतन, कृत, केंद्र, केश, कैंची, कैकेयी, कोंकणी, कोयल, कौंधना, कौआ, कॉलेज, क्यारी, क्रम, क्लास, क्वार, क्षमा।

ध्यान देने योग्य कुछ और बातें—

1. ङ, ञ, ण, ड़, ढ़ से कोई शब्द शुरू नहीं होता।
2. क्ष (क् + ष) 'क्व' वाले शब्दों के बाद देखें।
3. 'त्र' और 'तृ' में से 'तृ' पहले आएगा और 'त्र' बाद में।
4. त्र (त् + र) 'त्य' वाले शब्दों के बाद देखें।
5. ज्ञ (ज् + ञ) 'जौ' वाले शब्दों के ठीक बाद देखें।
6. श्र (श् + र) 'श्य' वाले शब्दों के ठीक बाद देखें।